mare

Isabelle Autissier

ACQUA ALTA

Roman

Aus dem Französischen von Kirsten Gleinig

mare

Die Originalausgabe erschien 2022 unter dem Titel
Le naufrage de Venise bei Éditions Stock, Paris.

Dieses Buch erscheint im Rahmen des Förderprogramms des französischen Außenministeriums, vertreten durch die Kulturabteilung der französischen Botschaft in Berlin.

INSTITUT FRANÇAIS Deutschland

Die Arbeit der Übersetzerin am vorliegenden Text wurde vom Deutschen Übersetzerfonds gefördert.

1. Auflage 2024

Typografie Iris Farnschläder, mareverlag
Schrift Guardi
Druck und Bindung CPI books GmbH, Germany
ISBN 978-3-86648-708-6

FSC www.fsc.org MIX Papier | Fördert gute Waldnutzung FSC® C083411

www.mare.de

DER NEBEL STEHT den Ruinen gut. Er säumt die Risse im Gestein, aus dem nutzlos gewordene Stahlträger hervorragen. Er verschleiert die Trostlosigkeit eines eingestürzten Erkers, eines klaffenden Daches, einer Fassade, aus der die leeren Fenster wie tote Augen starren. Und die Dunstschwaden nähren die Illusion, dass es doch noch einen Ausweg aus dem Unglück gibt, vielleicht alles nur verschwommen ist. Plötzlich stellt man sich vor, dass gleich die Sonne durchbricht und das Bild zerstreut. Die Unschärfe verschwindet, und die Schäden erweisen sich als nicht so schlimm. Eine unsichtbare Hand löst die Pause-Taste, und das Leben geht weiter wie vorher. Die Straßen beleben sich mit Passanten und Touristen und dem Klackern ihrer Rollkoffer, mit Geschrei, dem Geknatter der Schnellboote, dem Geruch nach Staub und altem Fett aus den Restaurants.

Leider gelingt der Sonne dieses Wunder schon seit Monaten nicht, und die Lagune wird immer nebliger. Hat der Einsturz womöglich mephitische Dünste freigesetzt, die so dicht sind, dass sie sich nicht vertreiben lassen? Oder hört die Lagune ganz einfach nicht auf, um ihre Stadt zu weinen: um Venedig?

GUIDO LIEGT AUSGESTRECKT DA, regungslos wie eine mittelalterliche Grabfigur, die Decke bis ans Kinn gezogen. Der Körper wirkt massig, aber nicht sehr groß, kaum mehr als einen Meter siebzig, was ihn immer geärgert hat. Der Kopf liegt gerade auf dem Kopfkissen. Die Wangenknochen springen hervor, ein kantiger Kiefer, große Augenhöhlen mit buschigen Brauen darüber und dunklen Ringen darunter. Trotzdem erscheint das Gesicht nicht traurig und schlaff, dieser Eindruck wird zerstreut von etwas Genussvollem, dem großen Mund mit den vollen Lippen und der breiten Nase, die er von seinen Vorfahren geerbt hat und deren bebende Nasenflügel als Einziges darauf hindeuten, dass er lebt. Nach monatelangem Krankenhausaufenthalt treten die geplatzten Äderchen auf seinem fahlen Teint hervor. Er ist erschöpft von den Operationen und Behandlungen und lässt sich gehen. Ein Dreitagebart und leicht graue Strähnen anstelle des glatt rasierten Gesichts und des strengen Haarschnitts, die bei ihm immer zum Pflichtprogramm gehörten. Auf einmal öffnet er die Augen, ohne zu blinzeln. Hübsche graue Augen mit goldenen Sprenkeln, seine Verführungswaffe.

Guido hat die Fähigkeit, augenblicklich vom Schlaf in den Wachzustand zu wechseln. Er liebt den Moment, wenn er sich wie ein Hellseher fühlt, und vertraut stets den ersten Gedanken, die ihm in den Sinn kommen, denen, die der Schlaf geformt hat und die er seine nächtlichen Visionen nennt. An diesem Morgen drängt sich ihm die Entscheidung auf: Er muss zurück nach Venedig.

Monatelang hat eine Rückkehr keinen Sinn gehabt. Zunächst hat Guido lange im Krankenhaus gelegen, gebrochene Schulter, Rippenverletzungen, Schädelfraktur. Nach dem künstlichen Koma musste er in der Reha den endlosen, verschlungenen Weg zurück in die Realität finden. Nach und nach ging es ihm besser, und die körperlichen Schmerzen legten sich, dennoch übermannten ihn die Probleme. Zum ersten Mal in seinem Leben widerstrebte es ihm, den Dingen ins Gesicht zu sehen. Er träumte von einem Zauberstab, der ihn verschwinden ließe und so weit weg wie möglich brächte, auf eine Insel im Pazifik oder zu irgendeinem wilden Stamm im entlegensten Winkel eines undurchdringlichen Urwalds. Weit weg, so weit weg wie möglich von dem, was ihn quälte: der Tod Maria Albas und das Verschwinden von Léa, der Einsturz des Hauses, in dem er die schönsten Momente seines Lebens verbracht hatte, dazu die Freunde, die Geliebten und selbst ein paar abgefeimte Kontrahenten, von deren Tod er Tag für Tag erfuhr.

Auch der Papierkram machte ihn wahnsinnig. Er hatte all die Erklärungsschreiben, Beschwerdeschreiben und Mahnschreiben ganz allein bewältigen müssen, die man an die Banken, Versicherungen und Entschädigungsfonds der Opfer schicken musste, und auf die schwachköpfigen Beamten geschimpft, die eine ruhige Kugel schoben und Nachweise und Beweise von ihm forderten, die natürlich in dem riesigen Durcheinander verloren gegangen waren. Selbst sein Status als gewählter Abgeordneter schien da nicht zu helfen. Nach den Beileidsbekundungen erntete er bestenfalls noch freundliche Reaktionen, wenn er sich auf das Rathaus berief.

Dass es öffentliche Kritik hagelte, hatte ihn mehr getroffen, als er zugeben mochte. Er hatte sich nicht daran gestört, dass man die gesamte Stadtverwaltung als inkompetent und korrupt darstellte. Das war üblich. Dass sie alle als Mörder beschimpft wurden, klang hart, konnte aber auf die akute Verzweiflung zurückgeführt werden. Aber dass man insbesondere der Stadtentwicklung Venedigs die Schuld gab und dem Wohlstand, den er sich bemüht hatte aufzubauen, der ihn Tag und Nacht beschäftigt und all seine Energie gefordert hatte, das konnte er tatsächlich nicht ertragen. Fehlte nur noch, dass man ihn persönlich für die Katastrophe verantwortlich machte. Wäre das von Léas Leuten aus der Umweltschutzszene gekommen, hätte es ihn nicht erstaunt, von seinen eigenen Freunden aus der Koalition allerdings, mit der er regiert, aber auch gestritten und gut gegessen hatte, verletzte ihn der Vorwurf tief. Wenn er besserer Stimmung war, gab er in Sachen Politik Voltaire recht: »Mein Gott, bewahre mich vor meinen Freunden. Mit meinen Feinden werde ich allein fertig.« In schlechten Momenten lösten die Hasstiraden Verbitterung aus und machten ihn wütend auf diejenigen, die die Verantwortung auf ihn abzuwälzen und ihn zu instrumentalisieren versuchten. Nachdem er eine Weile lang sämtliche Informationen verschlungen hatte, las er nun gar keine Zeitungen mehr, sah nicht mehr fern und ließ seinen Twitter-Account ruhen.

Der Morgenhimmel ist noch violett, als er die Wohnung in Mestre vis-à-vis von Venedig verlässt, in der er Zuflucht gesucht hat. Das geliehene Schnellboot wartet im inneren Hafen von Marghera auf ihn. Dunkler Nebel verschluckt die Umgebung und erstickt die Geräusche. In der Lagune ist er ganz allein. Rechts kann er kaum die sich dunkel abzeichnende Ponte della Libertà ausmachen, die einzige Zufahrtsstraße nach Venedig. Früher hätte es darauf zu dieser Zeit von Fahrzeugen gewimmelt. Man hätte die Straße eher gehört als gesehen, ihr dumpfes Grollen. Jetzt ist die Brücke für den Verkehr gesperrt, wie die gesamte Stadt. Mithilfe des GPS erreicht Guido nach einer halben Stunde die Nordostspitze Venedigs. Er hätte auch direkt über den Cannaregio-Kanal hineinfahren können, um zum Canal Grande zu gelangen. Aber die eingestürzten Gebäude blockieren vermutlich die Durchfahrt. Und außerdem will er nicht diese Dienstzufahrt nehmen. Er will die echte, die, die dreißig Millionen Menschen jährlich den Atem stocken ließ und sie zum Träumen brachte. Von Süden her zu kommen und gleich zu Beginn zwischen dem Dogenpalast und der Punta della Dogana mit der goldenen Weltkugel hindurchzufahren, führt einem die Einzigartigkeit Venedigs vor Augen. Wohin man auch blickt, alles ist besonders. Die Stadt präsentiert sich zugleich als kompakte, robuste Einheit mitten im Wasser und als eine unendliche Vielfalt ziselierter Steine, von denen jeder einzelne Geschichte atmet. Das Paradox ist augenfällig: das Venedig, das abgeschottet in seinem Bett aus Schlick und Schlamm daliegt, und das Venedig, das offen ist durch seine vielen Kanäle, durch die sämtliche Nationen der Welt gereist sind und noch immer reisen. Die Stadt pflegt ihre Superlative: zu viele Paläste, zu viele Kirchen, zu viel Eleganz an einem einzigen Ort. Selbst wenn man darauf vorbereitet ist, verblüfft einen Venedig, weckt Neugier, ist verwirrend und faszinierend.

Guido hat sich haufenweise Fotos von der Katastrophe und schreckliche Vorher-nachher-Ansichten angesehen. Er hat sie bis zum Überdruss geprüft. Jedes Detail, das er sah, jedes eingestürzte Gebäude, jede Zerstörung, versetzte ihm einen Stich ins Herz. Er stellte sich vor, dass sich ein kleines Loch in seiner Brust bildete, durch das ein Teil seiner Lebenskraft entwich. Wie viel Glauben sollte man den Hochglanzbildern schenken? Inwieweit deren Urteil übernehmen? Es gibt Dinge, die weiß man, aber sie sind einfach unannehmbar. Er hat sich Hunderte schockierender Handyvideos angesehen und ist davon nicht losgekommen, ebenso wie sich mehr als zwanzig Jahre vorher die ganze Welt an den Bildern der einstürzenden Zwillingstürme in Manhattan berauscht hatte, ohne es glauben zu können. Auf seinem Computer hat er die seltsamen Bewegungen am Horizont betrachtet, das Flackern, die klaffenden, größer werdenden Abgründe, die Mauerflächen, die zu Staubwolken wurden, die Schreie, das Weinen, die verlöschenden Lichter, die auflodernden Brände, und in dieser Weltuntergangsstimmung ein krampfartiges Grollen wahrgenommen, das letzte Röcheln einer sterbenden Stadt. Sobald er die Videos stoppte und aus dem Krankenhausfenster die Ruhe des beginnenden venezianischen Herbstes sah, prallten die beiden Realitäten aufeinander. Seinem Gehirn gelang es nicht, die tragischen Bilder der Vergangenheit und das friedliche Wiegen der Blätter übereinanderzuschieben. Er erlag der Versuchung, das Unerträgliche zu leugnen. Aber wenn er sich auch nur ein wenig bewegte, schmerzten seine Verletzungen und erinnerten ihn daran, dass das Schlimmste tatsächlich geschehen war.

Während er aus Richtung Norden näher kommt, erkennt Guido trotz des Nebels langsam die ockerfarbenen und altrosa Fassaden. Diese Gegend hat weniger gelitten als der Rest der Stadt, trotzdem spürt er einen ersten Stich im Herzen auf Höhe der Basilika San Zanipolo. Er hat das Bauwerk nie gemocht, es war ihm zu pompös. Wenn er Maria Alba ärgern wollte, nannte er es die Dickmadam. Das Einzige, was er lustig fand, waren die drei schmalen Türmchen, die oben an der Fassade wie Zuckerwerk auf einem Hochzeitskuchen aufgesetzt waren. Sie sind ebenso verschwunden wie die Kuppel und ein Teil des Daches, und er stellt sich das donnernde Geräusch vor, das es ausgelöst haben mag, als es mehr als dreißig Meter weiter unten zerschellte. Er wird wehmütig, empfindet fast schon Mitleid mit dem Bauwerk, das die Venezianer acht Jahrhunderte lang begleitet hat. Der Legende zufolge ging der Bau auf einen Traum des Dogen Tiepolo zurück, der sah, wie sich hier ein Taubenschwarm im Sumpf niederließ. Er deutete das als Zeichen von Gottes Segen für diesen Ort, den man ihm somit widmen musste. Wenn Guido Auslandsbesuch empfangen hatte, versäumte er es nie, ihn mit zu San Zanipolo zu nehmen, denn anhand der Marmorgrabmale ließen sich die gesamte Geschichte und das Machtstreben der Stadt erzählen, wobei sich die Maßlosigkeit in dem kolossalen Kirchenschiff und den überladenen Decken der Kapellen widerspiegelte. *Vanitas! Vanitatum Vanitas!*, der Geldsegen der Dogen konnte die Stadt nicht vor der Verdammung bewahren, in den Schlick zurückzukehren, dem alles entsprungen war.

Abgesehen von der Polizei im Schnellboot, die er umgarnen konnte, indem er sich als Mitglied der Stadtverwaltung auswies, ist er niemandem begegnet. Die Abwesenheit der Menschen ist derart befremdlich, dass sie Guido Angst macht. Natürlich weiß er, dass die Stadt komplett evakuiert wurde, niemand, der überlebt hat, ist noch hier. Die Gefahr durch Gas und Strom war zu groß, eine Katastrophe genügte. Aber die leblosen Fassaden sind ein Albtraum, im wahrsten Sinne des Wortes unmenschlich. Die alten Arbeiterviertel im hinteren Teil der Stadt waren die bodenständigsten geblieben, hier herrschte reger Verkehr von Vaporetti und anderen Schiffen. Jetzt verursacht der Motor des Bootes einen Höllenlärm in der Stille. Guido spürt sein Herz schneller schlagen und gibt Gas. Er muss es wissen.

Er sucht die Briccole, die berühmten dreifüßigen Holzpfähle, die die Kanäle markieren. Viele sind nicht da, wo sie hingehören, und die, an denen er vorbeikommt, ragen kreuz und quer in alle Richtungen, als wären sie bündelweise vom Himmel heruntergeworfen worden. Auf jedem meditiert ein Kormoran oder eine Möwe still vor sich hin.

Auch an der Ostspitze der Stadt packt Guido die Verzweiflung. Die zur Hälfte eingestürzten Steinwände, an denen er entlangfährt, erinnern kaum noch an die Mauer, hinter der sich das Erfolgsgeheimnis der Serenissima verbarg: ihr Arsenal. Guido hat diese Bauwerke gemocht, die, anders als die Basilika, vom venezianischen Genie und Pragmatismus zeugten. Hier war im Mittelalter die Fließbandarbeit erfunden worden. Statt einen Hangar zu nutzen, um ein einzelnes Schiff zu bauen, wurden die gerade fertiggestellten Schiffsböden rund um das zentrale Becken geschleppt, von einer Spezialwerkstatt in die nächste, um sie auszubauen und mit Eisenteilen, Masten, Segeln und Seilen auszustatten, wie heutzutage an einer Produktionslinie. Dante beschrieb es wie die Hölle, in der sich bis zu sechzehntausend Arbeiter plagten, für Guido hingegen war es eher das Paradies, in dem die ihm so wichtige Effizienz auf die Spitze getrieben wurde. Ohne ihr Arsenal hätte die Stadt niemals die Meere beherrscht und zu Sicherheit und Wohlstand gefunden. Im Nebel sucht er den alten Kran und die berühmten Türme zur Bemastung der Schiffe am Eingang, erblickt aber nur schlammbedecktes Geröll.

Als er in den Markus-Kanal einbiegt, macht Guido den Motor auf Höhe des Schifffahrtsmuseum aus und lässt sich bis zur Einmündung des Giudecca-Kanals treiben. Die Septembersonne dringt langsam durch den Dunst und verbreitet ein blassgelbes Licht, das von jedem Tröpfchen reflektiert wird und sich wie ein goldener Schleier über die Ruinen legt. Zum ersten Mal seit seinem ersten Liebeskummer als Jugendlicher muss er weinen. Das Panorama nimmt Gestalt an, prächtig und abscheulich. Nicht ein einziges Bauwerk scheint der gigantischen Hand entkommen zu sein, die anscheinend alles gepackt, zerquetscht und wieder fallen gelassen hat, was der Stolz der Stadt war. Obwohl es ihm so vertraut ist, hat er Mühe, sich das alte Stadtbild vor Augen zu führen, das der Postkarten und Selfies.

Venedigs Architektur hat wegen der hohen Fenster so anmutig gewirkt. Sie sollten die auf Pfählen im Schlick gebauten Gebäude möglichst nicht durch ihr Gewicht beschweren und verliehen der Stadt die Leichtigkeit und die ihr eigene himmelwärts gerichtete Dynamik. Jetzt haben die Fenster den Gebäuden zum Nachteil gereicht, weil sie sie angreifbarer machten. Guido betrachtet die Stadt wie einen Körper, der nach einem Flugzeugabsturz nicht mehr wiederzuerkennen ist. Der Markusplatz, der niedrigste Punkt der Stadt und Überschwemmungen am meisten ausgesetzt, war der Katastrophe schutzlos ausgeliefert. Die berühmte Front des Dogenpalastes, die Säulen, die Spitzbogen und der Balkon sind nur noch ein Haufen Schutt, der sich über den Kai erstreckt und sich mit den Wracks der Vaporetti mischt, die vor sich hin rosten. Auch die beiden seitlichen Mauern sind teilweise eingestürzt. Erhalten geblieben ist einzig die Rückwand, an der die jetzt in alle Richtungen offenen Stockwerke seltsam hängen, was das

Ganze wie ein altes Puppenhaus aussehen lässt. Im Licht blitzen die vergoldeten Elemente auf wie Grabkerzen. Die Seufzerbrücke ist zertrümmert worden, weil das Gefängnis nachgegeben hat und nun am Dogenpalast lehnt. Vom Markusdom kann Guido lediglich die beiden Kuppeln ausmachen, die in einem seltsamen Gleichgewicht auszuharren scheinen. Hier und da erinnert ein Teil eines Freskos oder das Gesicht einer Statue an die Vergangenheit. Wo sind die beiden Säulen mit dem weltberühmten Löwen des heiligen Markus und der Statue des heiligen Theodorus, die die Besucher begrüßten? Und der große Campanile, von dem aus Guido seinen vornehmen Gästen die Stadt so gern von oben zeigte? Ist davon etwa nichts als jener Haufen roter Steine übrig, der die Piazzetta versperrt, auf der eine ganze Armada von Gondeln geborsten ist?

Guido erstarrt. Das Ausmaß der Zerstörung ist weitaus größer als das, was die Fotos, Reportagen und leidenschaftlichen Kommentare zeigen, die er sich von seinem Krankenhausbett aus angeschaut hat. Jetzt, wo er dieser Realität allein ausgesetzt ist, spürt er ihre Wucht im ganzen Körper und versucht, sie mit aller Kraft zurückzustoßen. Er sieht alles, aber er begreift nichts, seine Augen nehmen alles wahr, aber sein Gehirn nicht. Linker Hand ist die erhabene Fassade von San Giorgio Maggiore oberhalb des Portals gekappt. An der Stelle, wo der Campanile stand, ist nichts mehr, nichts als goldener Dunst. Könnte er doch nur schweißgebadet aufwachen und seinen Albtraum verfluchen.

Nach einer Weile startet Guido den Motor wieder, um sich dem Canal Grande zu nähern. Er kannte das Stadtbild in- und auswendig. Schon lange war er nicht mehr so überwältigt gewesen wie die Touristen hier an dieser Stelle, wo der Canal Grande mit dem Giudecca-Kanal zusammenfließt und die Punta della Dogana eine magische Schwelle markiert, an der man ins 17. Jahrhundert eintritt, ins Märchenland. Heute hat Guido Schwierigkeiten, die Dogana überhaupt auszumachen, deren Lager offenbar dem Erdboden gleichgemacht sind. Die Kirche Santa Maria della Salute hat besser standgehalten, da sie auf mehr als einer Million Pfähle steht und kein Gebäude in der Nähe ist, das auf sie hätte stürzen können. Sie hat die vielen Statuen verloren, die rund um die Kuppel balancierten, lediglich die Heilige Jungfrau, ganz oben, ist noch da und segnet die Ruinen und die Toten. Sie hat die Stadt einst vor der Pest beschützt. Aber niemand hat sie gebeten, ihre schützende Hand auch bei einer Überschwemmung über die Stadt zu halten.

Guido muss im Slalom um die Schutthaufen herumfahren, die den Canal Grande immer mehr versperren, je weiter er hineinfährt. Die Mauern Hunderte Jahre alter Paläste sind nur mehr bescheidene Backsteingebäude, allesamt nur noch Hindernisse für die Schiffe. Durch die klaffenden Öffnungen erblickt er Bruchstücke von Decken, von Fresken und kaputte Möbel. Guido hat die Kunst des Barock nie geschätzt. Zu viel Gold, zu viele Verzierungen, zu viel Schnickschnack, hätte seine Mutter gesagt. Er verstand, dass die Künstler endlos miteinander gewetteifert hatten, um ihre Kunstfertigkeit hervorzuheben und ihren Mäzenen zu schmeicheln, aber diese Überfülle war für ihn, den Bauern, der er noch immer war, die reinste Zeit- und Geldverschwendung. All das dafür!, denkt er, als sein Blick auf die Fetzen eines Gemäldes an einem Rahmen fällt, der am Kanalufer gestrandet ist. Seit dem Tag nach der Katastrophe haben die großen Privatmuseen, Guggenheim und Grassi, ohne Genehmigung ihre Trupps losgeschickt, um Bilder und wertvolle Objekte zu bergen, die die Katastrophe überstanden haben. Aber in den meisten öffentlichen Gebäuden ist die Mafia am Werk gewesen und hat dank des riesigen Chaos, das überall herrschte, oder gegen Bestechungsgeld alles, was ging, mitgehen lassen. Gemälde und Statuen warten nun in Kellern auf ebenso zahlungskräftige wie verschwiegene Kunden.

Guido kann noch so sehr versuchen, gleichgültig zu bleiben, er ist zutiefst unglücklich. Auch wenn er kein gebürtiger Venezianer ist, ist sein Leben seit mehr als zwei Jahrzehnten mit der Stadt verbunden. Sie hat die großen Schritte seiner beruflichen Entwicklung geprägt, aber noch mehr sein Privatleben. Die Katastrophe hat ihn der vertrauten Orte beraubt, die einen empfangen, sobald man aus dem Haus tritt – die Lieblingsbar, der kleine sonnenbeschienene Platz, der Blick in die Gassen, alles, was das Leben ausmacht und worauf man nicht mehr achtet, aber was einen irgendwo verankert. Von seinem Krankenhausbett aus hat er davon geträumt, dass er sich wieder in Venedig niederlassen kann, so wie es die Überlebenden von Fukushima dort getan haben. Was er nun sieht, macht seine Hoffnungen zunichte, und er fühlt sich selbst genauso zerstört, wie es all die Paläste sind. Die Stadt, in der kein Stein mehr auf dem anderen liegt, wirkt abstoßend wie ein vor aller Augen verwesender Kadaver, wie ein geschändeter Körper. Mancherorts haben Gasexplosionen ganze Stockwerke zertrümmert und zusammen mit Kurzschlüssen anschließend Brände ausgelöst, deren Trümmer und rußige Holzbalken im Dunst aussehen, als würden sie noch immer qualmen. Hinter solchen Mauern haben Menschen gelebt, Pläne geschmiedet, Lust und Leid und großes Glück empfunden. Mit dem Einsturz ist nicht nur die prächtige Architektur verschwunden, sondern mit ihr auch das unscheinbare Leben, das die Stadt zusammengehalten hat. Als er an der Ponte dell'Accademia ankommt, findet Guido nur noch zwei zertrümmerte Bogen vor, die sich einander entgegenrecken wie zu einer unmöglichen Umarmung.

Inzwischen schaut er sich nicht mehr um und konzentriert sich nur noch auf das direkte Umfeld des Bootes, um abzuschätzen, ob er bis zum Palazzo Barbini-Moro durchdringen kann. Sobald die schlichte Fassade auftauchte, wusste er normalerweise, dass er zu Hause war. Er musste nur noch den schmalen Rio del Malpaga hinauf, etwa zweihundert Meter hinter dem Palast festmachen, die drei Stockwerke erklimmen und die Tür der großen, luxuriösen Wohnung hinter sich schließen, die er sein Eigen nannte – sein ganzer Stolz, sein Zufluchtsort.

Aber der Rio ist unpassierbar. An der Einfahrt versperren lauter Gondeln den Weg, die ineinandergeschoben sind wie die Stäbe eines Mikadospiels, aus dessen Mitte ein Bug aufragt, als hielte er Wache, ganz umsonst.

Guido macht den Motor aus. Die gewaltige Stille trifft ihn wie ein Schlag. Wo ist das ständige Surren der Schiffsmotoren geblieben, wo sind die Fernsehgeräusche hin, die aus den Fenstern drangen, und vor allem die Glocken, die unzähligen Glocken, deren beruhigendes Läuten durch die Gegend schwebte?

Als er sich ausmalte, zurückzukehren und wieder hier einzuziehen, hat er nicht damit gerechnet, dass er noch nicht einmal sein Haus erreichen würde. »Wo ein Wille ist, ist auch ein Weg«, pflegte er früher zu sagen. Als er wieder aufstehen und arbeiten konnte, hat er sich der Illusion hingegeben, die Dinge würden sich ihm schon wieder beugen. Und nun steht er ohnmächtig und bezwungen da. Er schließt die Augen und versucht, sein früheres Leben heraufzubeschwören: die geselligen Abendessen auf der Terrasse mit Wein und Gelächter, Maria Alba, die es so gut versteht, Essen und Menschen zusammenzubringen.

Maria Alba! Ein Schauer überfällt ihn, der nicht der Feuchtigkeit des Herbstanfangs geschuldet ist. Noch etwas, wozu er nicht den Mut gehabt hat. Dem Chaos, das die Katastrophe angerichtet hatte, entsprach das Chaos der Bergungsarbeiten. Die Trümmer wegzuschaffen und so viele Menschen wie möglich daraus zu befreien, war äußerst schwierig inmitten all des Wassers, des Schlamms und der wackeligen Häuser, von denen noch tagelang manche einstürzten. Ein Teil der menschlichen Überreste wurde in den Kühlräumen in Mestre gesammelt und nach Fundorten sortiert, um sie möglichst zuordnen zu können, aber viele wurden versehentlich durcheinandergebracht. Die Behörde hat ihm vorgeschlagen, eine genetische oder morphologische Untersuchung auf der Grundlage von Fotos machen zu lassen, um Maria Alba wiederzufinden. Man hat ihn nach den Kontaktdaten seines Zahnarztes gefragt, weil eine Röntgenaufnahme des Gebisses Aufschluss geben kann, wenn die Leiche verschwunden oder nicht ohne Weiteres identifizierbar ist. Aber der Zahnarzt und seine Praxis sind ebenfalls verschwunden. Und es widerstrebte Guido ohnehin, er hatte nicht den Mut, verspürte nicht den Drang, es aufzuklären. Es schien ihm, als würde er damit Maria Albas Tod besiegeln, und ohne es sich selbst einzugestehen, hoffte er noch, sie wiederzufinden, bewusstlos in irgendeinem Krankenhaus. Angesichts des Ausmaßes der Katastrophe begreift er nun, dass dieser Traum absurd ist. Es ist ein Wunder, dass er überlebt hat. Doch was ihn in diesem Moment schaudern lässt, ist schlimmer als der Tod seiner Frau, es ist die Vorstellung, dass sie vielleicht noch da ist, ein verwesender Körper unter dem Schutt. Ein schockierend realistisches Bild springt ihn an, Hautfetzen und Knochen, von Maden zerfressenes Fleisch.

Er spürt, wie ein heftiges Verlangen nach ihrer aristokratischen Schönheit wieder aufflackert, nach ihrer trägen Anmut, und er macht sich Vorwürfe, weil er sie vernachlässigt hat. Ihre Ehe war immer mehr zu einer Vernunftbeziehung geworden, vor allem seit er im Stadtrat saß. Die Macht hatte seine Zeit und Energie beansprucht und seine Sehnsüchte bestimmt. Maria Alba war zur Begleiterin verkommen, um nicht zu sagen zum schmückenden Beiwerk. Unweigerlich erschien sie stets an seiner Seite, führte den Haushalt, hörte ihm zu, spreizte ihre Schenkel, sanftmütig wie eh und je und immer darauf bedacht, nie bei einem Fehler ertappt zu werden, wie eine ausgeglichene und zuversichtliche Madonna. Manchmal, wenn er zu spät nach Hause kam, fand er sie mit rot geränderten Augen vor, aber über solche Launen sah er hinweg. Schließlich war sie da, wofür er ihr dankbar war, und achtete darauf, dass es ihm gut ging, aber nicht eine Sekunde lang hatte er sich vorgestellt, dass er sie eines Tages brauchen könnte.

Mit einem Mal ist er wirklich verzweifelt. Er will ihre Arme um seinen Oberkörper spüren, er will sein Gesicht in ihren Brüsten vergraben, er will ihren nach teurem Parfum duftenden Körper, um zu vergessen, um sich wie ein Kind auf ewig einlullen zu lassen, um nicht mehr entscheiden, wählen und kämpfen zu müssen. Er schließt die Augen, er ist noch im Krankenhaus, und sie ist da, am Fußende des Bettes, und wartet, dass er aufwacht. Sie lächelt.

»Guido, mein Liebster, keine Sorge, alles ist gut.«

Nein, sie ist nicht da. Er sitzt allein in der Barkasse inmitten der Ruinen, und er begreift, dass er jetzt immer allein sein wird. In diesem Moment beginnt er, um Maria Alba zu trauern.

Die Augen weiterhin geschlossen, lässt Guido die Katastrophe Revue passieren, als müsse er sich noch einmal davon überzeugen, dass sie wahr ist.

An jenem Abend hatte er das Essen mit den Vertretern der Mailänder Handelskammer abgesagt. Das war kein großes Opfer, diese arroganten Leute gingen ihm auf die Nerven, auch wenn er sie brauchte. Aber das Hochwasser war für 23 Uhr angekündigt, genau für den Zeitpunkt, zu dem er eigentlich nach Hause gekommen wäre. Seit zwei Tagen sprach man von nichts anderem als dem bevorstehenden Acqua alta, und die Wetterdienste hatten es als ernst vorhergesagt. Alle Zeichen standen auf Rot. Es regnete seit fast drei Wochen. Der Po, die Etsch und der Brenta stiegen über die Ufer und hatten trotz der vielen Umleitungen im Laufe der Jahrhunderte dazu beigetragen, den Wasserstand in der Lagune zu erhöhen. Es war ein starker Sturm angekündigt, der bereits die Küsten von Sizilien verwüstet hatte. Noch ärgerlicher war, dass er zeitlich genau mit dem Hochwasser und einem starken Koeffizienten bei Neumond zusammentreffen würde. Seit dem Vormittag blies der Schirokko seinen warmen, aber schonungslosen Atem, der den Canal Grande die Zähne fletschen ließ. Der Wind würde das Wasser der Adria Richtung Norden drücken, durch die Durchfahrten des Lidos, und ein Abfließen verhindern. Kurzum, es waren alle Voraussetzungen für eine starke Überschwemmung gegeben.

Guido war nicht besonders beunruhigt. Das berühmte Sturmflutsperrwerk MO.S.E. würde funktionieren. Er kam gerade aus einer Gemeinderatssitzung, in welcher der Chefingenieur Dalamati sie mit seiner Zuversicht in die Technik gelangweilt hatte. Es hatte vorher bereits Überschwemmungen gegeben, obwohl die achtundsiebzig riesigen absenkbaren Fluttore in Betrieb gewesen waren, die Venedig vom Meer abriegeln sollten, indem sie die drei Zufahrten blockierten. Die Hälfte von ihnen hatte auf halber Strecke geklemmt, und auf dem Markusplatz hatte man wieder Gummistiefel tragen müssen. Aber, so sagte der Ingenieur, dieses Mal würde alles gut verlaufen. Seine Teams hätten das Problem der Verschlammung gelöst, und die Probeläufe in der Woche vorher seien überzeugend gewesen.

»Das ist schließlich auch in Ihrem Interesse«, hatte Bürgermeister Carlo Zongi gemurrt.

Guido wollte unbedingt daran glauben. Er war zutiefst fasziniert vom MO.S.E.-Projekt. Er war noch ein Kind gewesen, als die Intellektuellen davon zu reden anfingen, Venedig für immer zu schützen, die Natur zu überwinden und das Damoklesschwert abzuwenden, das über der Stadt schwebte. Für den Sohn eines armseligen Bauern, der sich täglich den Naturkräften stellte, war es ein Wunschtraum, sie zu bändigen. Zudem war Guido wie die gesamte Nachkriegsgeneration ungeheuer technologiebegeistert. Er hatte noch lange die Zeitungen aufgehoben, in denen das wie Science-Fiction anmutende Projekt dem Volk nahegebracht wurde. Jedes Mal, wenn ein besonders starkes Hochwasser, das zusätzlich von Sturm und Unwetter angefacht wurde, die Stadt zu überschwemmen drohte, hielt es nicht länger an als ein übliches Hochwasser, in Ausnahmefällen vielleicht zwei oder drei Tage. Wenn man nun die Verbindung mit der Adria im kritischen Augenblick unterbrach, konnte man die Wasserhöhe kontrollieren.

Aber das Ganze in die Praxis umzusetzen, war komplex. Um die drei Zufahrten zur Lagune zu verriegeln, mussten aneinandergrenzende Stahlkästen in einen Betonunterbau eingelassen werden, jeweils zwanzig mal dreißig Meter groß und dreihundert Tonnen schwer: achtzehn an der Bocca di Chioggia, neunzehn an der Bocca de Malamocco und einundvierzig an der Bocca di Lido. Normalerweise würden sie schön unter Wasser bleiben und die Schiffe passieren lassen. Bei Hochwassergefahr würden sie mit Druckluft gefüllt und dadurch aufgerichtet, um die Stadt zu schützen. Der Name *Modulo Sperimentale Elettromeccanico* (MO.S.E.) war mit einem Augenzwinkern in Anlehnung an den aus den Fluten geretteten biblischen Mose gewählt worden, der auf mehreren Fresken in venezianischen Palästen abgebildet war – ausgleichende Gerechtigkeit.

Die Erkenntnis, dass etwas passieren musste, hatte nach dem kritischen Acqua alta vom 4. November 1966 mit einem Wasserstand von einem Meter vierundneunzig eingesetzt. Die Stadt erlebte mehr als fünfunddreißig Jahre lang Gerede, Streit und Untersuchungen, bis Ministerpräsident Silvio Berlusconi 2003 den ersten Spatenstich machte, danach noch einmal siebzehn Jahre Bauarbeiten, technische Rückschläge und gigantische Veruntreuungen, bis das Sperrwerk unter Ministerpräsident Giuseppe Conte 2020 schließlich funktionierte. Das System sollte den uralten Streit von Venedig beschließen. Jahrhundertelang hatte man Pfähle in den Boden versenkt, haufenweise Schlamm befestigt, Flüsse umgeleitet, Dämme gebaut und damit nach einem fragilen Gleichgewicht zwischen Verschlammung und Überflutung gesucht. Mit dem MO.S.E.-Projekt gewann die Stadt endgültig die Oberhand, indem sie nach Belieben das Wasserniveau kontrollieren konnte. Guido war gleichzeitig mit diesem gewaltigen Bauwerk groß geworden. Er hatte die Höhepunkte miterlebt und die Beharrlichkeit der Ingenieure, die er bewunderte. Als er erwachsen war, liebte er es, an der Spitze des Lidos spazieren zu gehen, weit weg vom touristischen Trubel oder von der Biennale, die er den »intellektuellen Langweilern« überließ, wie er sagte. Er lief den ewig langen Damm ab, die Begrenzung der großen Durchfahrt, um die Bauarbeiten zu verfolgen. Als 2014 der Skandal um die Veruntreuung von fast einer Milliarde Euro aus dem Budget des MO.S.E.-Projekts eskalierte, der den Bürgermeister Venedigs und den Regionspräsidenten ihre Jobs kostete, hatte Guido sich zugleich gefreut und geärgert; gefreut über die Fantasie der Betrüger, die so weit gingen, ihre Buchführung auf Esspapier festzuhalten, um die Spuren »verdauen« zu können; geärgert, weil das Projekt verunglimpft, in den Schmutz gezogen und verzögert wurde. Kaum dass er seine Amtsgeschäfte aufgenommen hatte, war sein erster Ortstermin die Inspektion der Baustelle gewesen. Begierig hatte er die Zeit der Ingenieure in Anspruch genommen, um sich genauestens erklären zu lassen, wie die Fluttore mit Luft befüllt wurden und der Schwenkmechanismus der unter Wasser verborgenen Scharniere funktionierte. Er versäumte keine Gelegenheit, seine ausländischen Gäste dorthin mitzunehmen und zu betonen, dass das MO.S.E.-Sperrwerk im Gegensatz zu einer vielleicht günstigeren niederländischen Lösung normalerweise unsichtbar sei und die Serenissima in keiner Weise verunstalte. Er war stolz auf dieses Projekt, das in seinen Augen den genialen Geist der Stadt verkörperte und fortschrieb, die in so besonderer Weise durch das Wasser gefährdet war.

An jenem Nachmittag vor der Katastrophe war Guido daher

etwas geistesabwesend während der Erklärungen von Dalamati. Die größte Sorge der um den Tisch versammelten Stadtverordneten war, dass die früheren Fehlschläge, selbst wenn sie dank eines weniger heftigen Acqua alta keine schlimmen Folgen nach sich gezogen hatten, den Widerstand der Opposition erneut angefacht hatten. Linke und Umweltschützer verkündeten lauthals, sie hätten es ja schon vorher gesagt: Man hatte völlig umsonst Milliarden investiert.

Drinnen im Rathaus war schon die immer lauter werdende Sirene mit den vier Tönen zu hören. Nach den verschiedenen missglückten Einsätzen von MO.S.E. war das Signal beibehalten worden, zusätzlich zur Warn-App fürs Handy, die weithin genutzt wurde. Sie verkündete an diesem Tag, dass der Wasserstand auf über einen Meter fünfzig steigen würde, was eine Überschwemmung von neunzig Prozent der Stadt bedeutete. Der Wetterexperte hatte erklärt, es drohe sogar ein Wasserstand von einem Meter neunzig, einer der höchsten jemals.

Trotzdem scherzte Guido mit seinen Kollegen beim Rausgehen auf der monumentalen Treppe des Palastes:

»Wenn es irgendein Problem mit MO.S.E. gibt, dann werden wir zumindest reich mit dem Verkauf von Gummistiefeln!«

»Und die Touristen finden es toll, wenn sie bis zu den Knien im Wasser stehen und davon Selfies machen können!«

»Tja, Venedig ist schließlich eine alte Dame, eine kleine Erfrischung am Fundament wird ihr guttun.«

Als sie aus dem Gebäude traten, verstummten sie. Draußen kündete sich das Unheil bereits an. Der Himmel war gefärbt vom Saharasand, den der Südwind hergetragen hatte, und tauchte den anbrechenden Abend in gelbliches Licht. Dem Wind über der Adria gelang es nicht, den modrigen Geruch nach Feuchtigkeit und Sumpf zu vertreiben, der dem wochenlangen Regen geschuldet war und die Mauern vollkommen durchdrungen hatte. Die Passanten hielten den Kopf gesenkt und beeilten sich, nach Hause zu kommen, selbst Touristen ließen sich kaum noch blicken. Die Bistros schlossen ihre Außenterrassen, manche türmten Sandsäcke vor den Türen auf. Guido unterhielt sich noch eine Weile mit dem Tischler, der schon oft für ihn gearbeitet hatte. Der Mann schimpfte, er habe es satt, seine Werkstatt immer wieder umzuräumen. Er musste Möbel und wertvolles Holz in den ersten Stock tragen, die Drehbank, Sägen und Elektrohobel aufbocken.

»Die ganze Zeit, die dabei draufgeht, Signor Guido, da muss man doch irgendwas machen!«

»Keine Sorge, in einer Stunde wird das MO.S.E.-Sperrwerk aktiviert. Die Sache mit dem Acqua alta wird bald zu den Geschichten gehören, die wir unseren Enkelkindern erzählen.«

»Meinen Sie wirklich? Hoffentlich haben Sie recht, aber im Moment ist das doch ein Riesenscheiß, entschuldigen Sie den Ausdruck. Man kann sich nie drauf verlassen. Einmal funktioniert Ihr MO.S.E., einmal nicht ...«

Guido verdrückte sich. Das Gejammer machte ihn wütend. War es etwa seine Schuld, dass Venedigs Kellergeschoss immer tiefer versank und der Klimawandel den Meeresspiegel ansteigen ließ? MO.S.E., die Lösung hieß MO.S.E. Er lächelte vor sich hin. Er hatte all den orakelnden Akademikern das Maul gestopft, allen voran dem großen Professor Scherzi. Er erinnerte sich an das Treffen, bei dem dieser eine apokalyptische Vision für das dem Untergang geweihte Venedig entworfen und das Sperrwerk für nutzlos erklärt hatte. Guido hatte diesen Typen, der die Bauarbeiten ernsthaft abbrechen wollte, schonungslos abblitzen lassen.

Er lief weiter bis zum Markusplatz: Städtische Angestellte bauten vor den Augen Schaulustiger die Hochwasserstege auf. Die würden vielleicht nicht genutzt, aber man hielt an der Gewohnheit fest.

Der Anblick des sich öffnenden Kanals war nicht gerade einladend. Ein rotgraues Meer rollte mit weiß schäumenden Wellen heran. Sie wirbelten feuchte Schwaden auf, die die Luft trübten, und vom Lido gegenüber konnte er lediglich noch einen braunen Streifen erkennen. Der bereits starke Wind machte das Atmen schwer. In einer halben Stunde würde kein Schiff mehr fahren dürfen, damit die Tore des Sperrwerks aktiviert werden konnten, und nur noch ein kleines Segelboot beeilte sich mit gerefften Segeln, einen sicheren Hafen in der Stadt zu erreichen. Guido nahm ein leichtes Herzstechen wahr und versuchte es zu verscheuchen. Er würde sich nicht auch noch auf die Seite der Unheilverkünder schlagen.

Er kehrte um und beeilte sich, wieder zur Ponte dell'Accademia und über den Eingang in der Calle dei Cerchieri nach Hause zu kommen.

Die Wohnung war eine Oase des Friedens. Als seine Tochter Léa ausgezogen war, war er wütend gewesen, aber er musste zugeben, dass sich die Atmosphäre damit deutlich entspannt hatte. Wenn sie sich am Tisch gegenübersaßen, drohte ständig ein Gewitter wegen einer Lappalie loszubrechen. Er ertrug es nicht, wie Léa sich auf bestimmte Themen fixierte, nur um ihn bei einem Fehler zu ertappen, ohne zu merken, dass er dasselbe tat.

An jenem Abend begrüßten ihn nur die Walzer von Brahms, Maria Alba, die wie immer so picobello gekleidet war, als würden sie gleich ausgehen, und dazu eine wunderbare Platte mit Wurstwaren.

»Verzeih, Liebling, ich dachte, du kämst nicht zum Essen. Die Zeit hat nur noch gereicht, um eine kalte Platte zu bestellen.«

Er zog sie an sich und liebkoste ihre Brüste. Für ihr Alter waren sie noch immer fest. Vielleicht würde dieser Abend, an dem man zu Hause bleiben musste, gar nicht mal so unbefriedigend enden.

Sie aßen und lauschten dem Regen, der immer stärker gegen die Fenster prasselte. Danach blieb Guido bei den Fernsehnachrichten hängen und nahm zufrieden den Beitrag über das Sperrwerk zur Kenntnis, der davon ausging, dass es funktionierte. Dann twitterte er, während er mit einem Auge eine schwedische Serie verfolgte, ein paar zuversichtliche Nachrichten, ging ins Schlafzimmer, hatte temperamentvollen Sex mit Maria Alba und schlief bald wie ein Murmeltier. Der Wind heulte stoßweise um die Ecke des Daches.

Guido wusste nicht, wie spät es war, als das Klingeln seines Handys ihn weckte. Er hatte später nachgerechnet, dass es erst kurz nach Mitternacht gewesen sein konnte.

»Die Deppen vom Sperrwerk haben schon wieder ein Problem, die Scheißtore haben sich nur halb aufgerichtet, und Dalamati, der Idiot, hat mir irgendwas von Sabotage erzählt. Der erfindet irgendwelchen Quatsch, bloß um sich selbst zu schützen …«

Bürgermeister Zongi verschluckte sich beim Sprechen. Guido sah ihn vor sich, wie er einen seiner üblichen Wutanfälle hatte und dabei unkontrolliert um sich spuckte.

»Die Presse wird uns zerreißen. Krisensitzung morgen früh, sechs Uhr dreißig, im Rathaus. Die PR-Teams arbeiten die ganze Nacht, um das Wording vorzubereiten. Halt dich bereit, vielleicht rufen sie dich wegen irgendwelcher Einzelheiten an. Wir bleiben bei der gewohnten Linie: Der Stadtrat hat alles bestens vorbereitet, wir hatten die Zusicherungen des Verwaltungszentrums von MO.S.E. ... Wir wälzen alles auf Dalamati ab, er ist der Sündenbock. Sein Pech!«

Guido kratzte sich die Brust, um wach zu werden, und brummte, er sei jederzeit erreichbar. Um Zongi Genüge zu tun, ließ er noch ein paar ähnliche Bemerkungen wie dieser im Hinblick auf den Chefingenieur fallen und legte dann abrupt auf, um sich die Litanei des Bürgermeisters nicht noch länger anhören zu müssen. Warum sollte er das ganze Geschrei abbekommen?

In diesem Augenblick spürte er, dass es schlecht ausgehen würde. Ihm wurde klar, dass er ins Telefon geschrien hatte, um ein irrsinniges Geräusch zu übertönen. Der Sturm musste auf dem Höhepunkt sein. Der Wind verbreitete einen dumpfen Trommelwirbel, begleitet von einem Schnauben, als liege er im Ringkampf mit der Stadt. Die Böen kreischten darüber hinweg in einem schrillen Wehklagen, verstimmte Geigen, die immer wieder unerwartet einsetzten. In seiner Wohnung im dritten Stock war Guido daran gewöhnt, schlechtes Wetter mit voller Wucht zu erleben, aber jetzt schien ihm eine bösartige Freude auszubrechen, eine Kraft, die ungebändigter war als sonst. Er schloss die Augen und stellte sich die drei Zugänge zur Lagune vor, die nutzlosen Fluttore und die glitzernden Wellenberge, die auf Venedig zustürzten.

Schnell zog er sich Hemd und Hose an, um auf die Terrasse zu gehen. Bevor er hinaustrat, wandte er sich noch einmal zum Bett um. Maria Alba saß da, halb nackt, ihr Nachthemd war über die Schulter gerutscht, das lange schwarze Haar hing ihr ins Gesicht, ließ dabei aber ihre panischen Augen hervortreten. Im zerwühlten Bett, die Hände im Laken verkrampft, strahlte sie die tragische Schönheit einer Pietà aus. Es war der letzte Blick auf seine Frau.

Er machte einen Schritt nach draußen, und vermutlich war das seine Rettung. Die Terrasse war lediglich in Richtung Süden geöffnet. Seitlich war sie von den Wänden der Nachbarhäuser eingefasst, die ein Stockwerk höher waren, was bei schlechtem Wetter Schutz bot. Maria Alba hatte hier Bougainvilleen in verschiedenen Farben gepflanzt, die die Terrasse zu einem kleinen Paradies machten. Doch in dieser Nacht verschlug der Wind, der über die Brüstung blies, Guido den Atem. Die Blumentöpfe und die Hollywoodschaukel lagen kreuz und quer herum. Es regnete nicht mehr, aber eine dicke Gischtwolke zog mit beeindruckender Geschwindigkeit durch den Lichtschein der Stadt. Von überallher Getöse, Gedonner, Geächze und Gezische. Das Schrecklichste waren die heftigen Stöße, die die Fundamente direkt anzugreifen schienen. Bei jedem von ihnen spürte er das Gebäude wackeln. Das historische Zentrum Venedigs war auf Tausenden riesigen, tief in den lockeren Boden eingelassenen Eichen- oder Lärchenpfählen gebaut. Unter Wasser, unter Ausschluss von Sauerstoff, reichern sie sich mit Mineralien an, und ihr Zustand galt immer als zufriedenstellend. Guido benutzte dieses Argument regelmäßig, um den vielen Alarmisten das Maul zu stopfen. Venedig war im Boden verankert worden, um der Zeit und dem Meer zu trotzen, und das würde die Stadt auch weiterhin tun. Außerhalb des historischen Zentrums war sie schlichter gebaut worden, auf Aufschüttungen und ausgetrockneten Sumpfgebieten.

Die Flut rollte jetzt vermutlich mit großer Kraft heran und brach sich an den Sockeln. Die Brandung schwoll an. Venedig zitterte bei jeder Welle wie nie zuvor und glich einem

Schiff, dem der Sturm schwer zusetzte. Guido kam es vor, als schwankte sein Haus und als zöge die ganze Stadt inmitten der Böen den Kopf ein, eine einzige Ansammlung von Steinen, mit denen der Wind nach Lust und Laune umsprang.

Nach einer kurzen Schockstarre überfiel ihn Angst, eine primitive Angst, eine Urangst, wie Tiere sie empfinden müssen, wenn Erdbeben oder Gewitter sich ankündigen. Es gelang ihm nicht, ihr auf den Grund zu gehen, und noch weniger, einen klaren Gedanken zu fassen. Er hätte zurückgehen und sich in der Wohnung verschanzen sollen, aber er konnte nicht. Er musste dort bleiben, mitten auf der Terrasse. Bei jedem neuen Ansturm des Meeres ballte er die Fäuste und hielt die Luft an, wie um zusammen mit der alten Stadt zu kämpfen. Er ertappte sich, wie er mit ihr sprach, sie ermutigte und schrie, es gehe nur darum, noch ein paar Stunden durchzuhalten, morgen würde die Sonne wieder scheinen, und die Wehwehchen würden heilen, wie immer. Aber die tausendjährigen Steine interessierten sich nicht für die Gebete der Menschen. Sie waren erschöpft und beugten sich dem Gegner.

Zunächst gab es ein entsetzliches Dröhnen, endlose Minuten lang, das den Canal Grande entlang auf Guido zuzukommen schien und dabei von Haus zu Haus anschwoll. Danach ein gigantisches Krachen, mehrmals hintereinander, und vielleicht Menschengeschrei. Er würde es niemals genau sagen können. Dann geschah das Unfassbare. Sein Haus gab nach und machte eine tiefe Verbeugung, Guido rollte an die Seite der Terrasse und fand sich eingequetscht hinter der Hollywoodschaukel wieder. Die Wand des Nachbarhauses stürzte auf die gegenüberliegende Mauer zu und spuckte Tonnen von Schutt aus.

Viel später erfuhr er, dass die von seiner Frau so geliebte

Hollywoodschaukel ihn gerettet hatte, indem sie einen schützenden Bogen über ihm bildete. Er verdankte sein Leben einem Spleen von Maria Alba, der dieses Glück in ihrem Bett jedoch nicht vergönnt war. Die Decke war über ihr eingestürzt.

In den folgenden Wochen gaben Spezialisten aus der ganzen Welt mithilfe computergesteuerter Simulationen ihre Rekonstruktionen der Katastrophe zum Besten. Am plausibelsten war die Annahme, dass alles beim Dogenpalast, direkt am Eingang zum Canal Grande, begonnen hatte, wo sich die Kraft des Meeres mit der größten Wucht gebrochen hatte. Eines oder mehrere der großen Gebäude hatten nachgegeben. Die Mauern waren unten bereits angegriffen gewesen durch die vielen vorangegangenen Hochwasser oder die unablässig vorbeifahrenden riesigen Kreuzfahrtschiffe. Aber das Wasser, das unter den Arkaden oder durch zerbrochene Fenster hereingeströmt war, hatte eventuell auch eine Sogwirkung gehabt. Die Umweltschutzvertreter führten natürlich die erste Erklärung ins Feld, während die Behörden von der zweiten ausgingen. Alle beschimpften sich gegenseitig heftig in den sozialen Netzwerken, während sich eine dritte Partei für ein Attentat auf MO.S.E. entschied und Fotos von einer Art Blitz über dem Sperrwerk verbreitete.

Was auch immer geschehen war, es waren Tausende Tonnen Stein mit einem Mal auf den instabilen Untergrund gestürzt und hatten eine Reaktion erzeugt, die einem Erdbeben gleichkam. Sand und Schlamm wurden in eine Sinusschwingung versetzt, die die mathematischen Modelle hinterher eifrig abzubilden versuchten. Wie wenn eine Truppe im Gleichschritt über eine Brücke marschiert, bebte der Boden mit Ausschlägen von ein bis zwei Metern und hatte Erschütterungen zur

Folge. Dann breiteten sich die Einstürze aus, und die Stadt, in der jedes Gebäude am danebenstehenden lehnte, fiel wie ein Kartenhaus zusammen. Nach weniger als einer halben Stunde war die jahrtausendealte Stadt, die Stadt der Städte, das Architekturjuwel der Welt, nur noch ein Haufen von Ruinen.

Guido verharrt sehr lange mit geschlossenen Augen und durchlebt noch einmal die letzten Momente der Tragödie. Wie in einem Traum bewegen sich Hände, Arme und Augäpfel im Rhythmus seiner Gedanken. Sein Boot driftet ab und stößt leicht gegen einen Schutthaufen. Als er die Augen öffnet, schaut ihn ein Silberreiher an, der kaum einen Meter entfernt vor ihm steht. Der weiße Vogel stochert gleichgültig im Schlamm zwischen kleinen Pflanzen, die hier schon wieder gewachsen sind. Das scheue Tier kommt normalerweise nicht nach Venedig, sondern versteckt sich in den ruhigen Winkeln der Lagune. Guido richtet sich auf, der Vogel fliegt weg und wird von ein paar Möwen verfolgt. Vögel! Die neuen Bewohner also! Er lächelt bei dem Gedanken, dass man jetzt ornithologische und nicht mehr historische Rundgänge organisieren müsste. Der Vormittag nimmt seinen Lauf, die Sonne hat den Nebel schließlich vertrieben. Guido steht auf und streckt sich, um wieder aus seinen Erinnerungen aufzutauchen. Er ist überrascht von der melancholischen Schönheit der Ruinen, die das Licht noch herrlicher hervortreten lässt. Das Wasser des Kanals ist nicht mehr graubraun vom ständigen Aufwirbeln, es ist grün und durchscheinend wie auf dem Höhepunkt der Corona-Ausgangssperre. Er sieht ein paar Fische vorbeiflitzen. Die Umgebung erscheint deutlich weniger düster in diesem Licht. Die Sonnenstrahlen streifen die Rosa-, Blau- und Goldtöne der Gebäude und der herumliegenden

Möbel. Selbst das reichlich gewachsene Moos schimmert in leuchtendem Grün, was durchaus schön anzusehen ist. Der Zauber, der über den Ruinen liegt, verblüfft ihn, und mit einem Mal fühlt er sich als ihr Betrachter privilegiert. Venedig bleibt auch im Verfall erhaben. Die Wärme verstärkt den Geruch nach Schlick, nach stehendem Gewässer oder vielleicht nach Verwesung, die er sich nicht genauer vorstellen will. Über dem Gurren der unvermeidlichen venezianischen Tauben hört er wie ein tiefes Staccato das Brummen von Tausenden von Fliegen, die die Stadt bis ins faulende Innere in Besitz genommen haben. Mechanisch vertreibt er eine aus seinem Gesicht und denkt an das Gutachten »Venedig retten«. Letztlich war die Analyse darin richtig. Er hatte die gesammelten Beweise detailliert und unwiderlegbar vor Augen gehabt, die die Schäden, die Gefahren und die Verschlimmerung durch die ungelösten Probleme herausstellten. Er erinnert sich an Livio Scherzi, der sich dafür eingesetzt hatte, bis ihm die Tränen in den Augen standen. Auch Léa hatte ihren Vater unzählige Male als dumm und selbstbezogen beschimpft. Internationale wissenschaftliche Studien hatten die Argumente aufgegriffen und weiterentwickelt: das Absinken der Stadt, die Schwächung des Sockelgeschosses, den Irrtum, alle politischen Schutzmaßnahmen nur auf das Sperrwerk zu konzentrieren. In einem abgelegenen Winkel seines Hirns hatte Guido bestimmte Dinge zugegeben. Aber seine linke und seine rechte Hirnhälfte kommunizierten nicht miteinander, zumindest nicht ausreichend. Die Grafiken und Prozentzahlen nahmen keine lebendige Gestalt in einem realistischen Szenario an, und dieses Szenario war ganz einfach unvorstellbar. Wie sollte man den Gedanken zulassen, dass Venedig derart brutal und endgültig zerstört werden könnte, ohne dass es möglich wäre, einfach abzuwarten, wie man es seit jeher tat, und sich von Verheißungen wie dem MO.S.E.-Sperrwerk einlullen zu lassen?

Generell gibt Guido zu, dass er durchaus geahnt hat, dass es mit der Serenissima nicht immer so weitergehen konnte. Angespornt von Billigflügen und gigantischen Kreuzfahrtschiffen, hatte die Konsumbesessenheit seit mehreren Jahrzehnten Besitz von Venedig ergriffen. Sie hatte schließlich jedes Jahr fast dreißig Millionen Menschen in die Stadt gebracht, an manchen Tagen hunderttausend Touristen gegenüber fünfzigtausend Einwohnern, als würden jährlich mehr als eine Milliarde Menschen auf die Trottoirs von Paris gespült. Für ihn persönlich schienen die Vorteile schwerer zu wiegen als die Nachteile, vor allem in finanzieller Hinsicht. Und warum die sichere Sache für eine unsichere fahren lassen? Die Stadt hatte zehn Jahrhunderte lang durchgehalten, sie würde wohl noch ein wenig warten, wenn jeden Tag Tausende Menschen reich dabei wurden, angefangen mit ihm selbst. Die Pandemie hatte es veranschaulicht, indem sie den Tourismus ausgetrocknet hatte. Man musste kämpfen, um wieder auf die Beine zu kommen. Hätte man vermeiden können, was nicht wiedergutzumachen war? Hätte er dann heute in aller Ruhe in den Rio del Malpaga einbiegen und nach Hause fahren können? Guido drängt die unbequemen Gedanken zurück. Es ist ohnehin zu spät.

Er startet den Motor wieder. Das Geräusch verscheucht ein paar Ratten, die in der Sonne herumschnüffeln. Er muss lachen. Er merkt, dass er einen Riesenhunger hat.

DAS LETZTE MAL, dass Guido sich so mit Venedig verbunden fühlte, ist schon etliche Jahre her. Er erinnert sich daran als an den glücklichsten Moment seines Lebens.

An jenem Morgen war es fast sechs Uhr, als er aus dem Palazzo Vendramin schwankte. Die Partei hatte alles aufgefahren, um den Sieg zu feiern. Er hatte sich bereits im Vorfeld deutlich abgezeichnet, und der prunkvolle Rahmen des Casinos war ein Muss, um alle zu empfangen, die sich drängten: Journalisten aus der ganzen Welt, die sich für das Schicksal Venedigs begeisterten; alte Getreue und neue Überläufer, die nach einem Posten strebten; mehr oder weniger hübsche Frauen; Wahlkampfhelfer mit Tränen in den Augen; und vor allem die Sieger und zukünftigen Stadträte, darunter Guido.

Im Morgengrauen ging er mit kleinen Schritten zur Vaporetto-Haltestelle. Er hatte es nicht eilig und war einer der Letzten gewesen, die gegangen waren. Diese Nacht gehörte ihm. Weder seine erste Million noch seine noble Hochzeit noch die Geburt seiner Tochter hatten ihm ein vergleichbares Glücksgefühl beschert. Gestern hatte es geheißen: kämpfen, Erfolg haben und die Wahlen gewinnen. Morgen würde es noch immer heißen: kämpfen, Vorschriften umsetzen und die Opposition bezwingen. Aber in dieser Nacht, zwischen gestern und morgen, erlebte er intensiv den Rausch des Erfolgs. Er hatte Geld gewollt und es bekommen. Er hatte Macht gewollt und auch sie bekommen.

Er war früh am Nachmittag eingetroffen. Die Umfragen lagen schon bei 52,5 Prozent und damit im sicheren Bereich.

»Wir müssen uns sofort an die Arbeit machen und unsere Seriosität unter Beweis stellen«, hatte der zukünftige Bürgermeister Carlo Zongi mitteilen lassen, der vor allem seine Leute in Schach halten wollte.

Die Posten waren seit Langem verteilt, und auf Guido entfiel das angesehene Wirtschaftsressort, mit anderen Worten alles, was zählt und sich zählen lässt.

Es war Zongi gewesen, der ihn angesprochen hatte, weil er die perfekte Erfolgsstory verkörperte. Anfangs hatte ihn ein politisches Mandat nicht gereizt, er wollte den Abgeordneten lieber in seinen Immobilienverhandlungen gegenübersitzen. Aber er hatte sich überzeugen lassen, zum Teil aus Eitelkeit, aber auch aus der Überzeugung heraus, dass sich in Sachen Wirtschaft nie etwas in die richtige Richtung bewegen würde, wenn Leute wie er, die wussten, wovon sie reden, sich nicht engagierten. Also hatte er in dem Wissen, wie wertvoll er für den eingefleischten Politiker Zongi war, hart über seinen Einsatzbereich verhandelt. Zongis Geniestreich bestand darin, dass er sich von seinem Werdegang in der gemäßigten Rechten verabschiedet und sich die populistische Rechte zunutze gemacht hatte. Ihm war das Kunststück gelungen, sich nicht zu lautstark an eine Partei zu binden, sondern zu vermitteln, dass er für alle da sei, sowohl für die Entwicklung Venedigs selbst als auch für die der beiden Arbeiterstädte an der Küste, die insgesamt siebzig Prozent der Wählerschaft darstellten: Mestre und Marghera. Dass er Guido mit ins Boot geholt hatte, klang wie ein Garant für Unabhängigkeit. Das war gut und gern einen Spitzenposten wert.

Die Sitzung der zukünftigen Abgeordneten drehte sich um

die ersten Nachrichten, die es nach außen zu geben galt, und den Kurs, den man in der kommenden Woche ankündigen wollte. Aber nach und nach wurde die Aufregung immer größer, weil alle unter dem Tisch auf ihren Handys die Ergebnisse der ersten Auszählungen verfolgten.

Guido erinnert sich an den Auftritt im großen Saal des Casinos. Die Menge bildete ein Ehrenspalier, noch vor Verkündigung der Ergebnisse. Um Punkt 20 Uhr unterbrach eine große Stille das Gequassel, gefolgt von einem Hurra, bei dem sein Herz einen Satz machte. Alle umarmten und beglückwünschten sich, abgesehen von Léa, seiner heranwachsenden Tochter, die wie üblich schmollte. Den ganzen Abend über schmeichelte ihm einer nach dem anderen. Er erfuhr hautnah, was Macht bedeutete. Er würde über das Schicksal der schönsten Stadt der Welt wachen. Er war stolz darauf und aufrichtig ergriffen. Er, der alles andere als ein Gefühlsmensch war, konnte sich an diesem Abend gehen lassen.

Die Kronleuchter, der Schmuck, das Gold, die Augen, alles leuchtete, alles feierte, alles jubelte.

Gegen ein Uhr morgens hatte Maria Alba sich nach Hause bringen lassen. Die Nacht wurde danach ausschweifender mit viel Champagner, Wodka und Dekolletés, die diskret tief blicken ließen.

Gedankenverloren erreichte Guido den Vaporetto-Anleger. Es dämmerte. Ein leichtes Rosa färbte den Himmel im Osten. Auf dem Kanal war es noch ruhig. Ihm war, als beuge er sich über das Bett einer schlafenden Frau kurz vor dem Aufwachen, deren Anblick ihn rührte. Ganz leise hörte man einen Motor in der Ferne und Geflüster in einer Gasse, wie aus dem Nichts. Das Spiegelbild der Palastfassaden war beinahe perfekt und erweckte den Eindruck, dass hier, unter dem dunklen Wasser, eine geheimnisvolle Welt existierte und eine Maske daraus auftauchen könnte. Er fühlte sich als Erbe, der diese tausendjährige Geschichte fortsetzt. Es war an ihm, über die schlafende Schöne zu wachen und sie, wenn nötig, aufzuwecken.

Guido hatte vor allem in Marghera und Mestre Wahlkampf betrieben, wo er als Unternehmer gut angekommen war. Bei Kundgebungen und auf den Wochenmärkten traf er die kleinen Leute, zu denen auch er ein paar Jahrzehnte vorher gehört hatte. Er hortete Notizzettel mit dem Namen eines Sohnes, der arbeitslos war, oder einer alten Frau, die keine Einkünfte hatte. Er festigte seine Meinung, dass man handeln müsse und er der Richtige dafür sei. Er versprach den beiden vom Ende des Industriezeitalters gebeutelten Städten einen Wachstumsschub.

Zwischen Venedig und Mestre hatte die Geschichte entschieden. Jahrhundertelang hatte die Küstenstadt nur als Absatzmarkt für die Waren auf dem Festland gedient und als letzte Bastion zur Verteidigung der Serenissima. Vor dem Hintergrund von Venedigs Niedergang wurde Mestre mit dem angrenzenden Marghera zu Beginn des 20. Jahrhunderts als Standort für den Hafen ausgewählt, der die großen Frachtschiffe aufnehmen sollte. Zu diesem Zweck ließ König Viktor Emanuel II. einen ersten großen Kanal in der Lagune ausheben, der um die Dogenstadt herumführte, die weder den Platz noch die für die aufkeimende Industrie erforderlichen Verbindungen zum Hinterland bot. Nach dem Zweiten Weltkrieg nahmen mit der Ansiedlung von petrochemischer Industrie Bedeutung und Einwohnerzahl von Mestre beträchtlich zu. Zwei weitere Kanäle wurden ausgehoben, das Watt trockengelegt, künstliche Inseln mit der Aufschüttmasse aus den Kanälen errichtet, das Grundwasser abgepumpt, um die Fabriken zu versorgen – immer größer, immer weiter. Infolgedessen explodierte die Verschmutzung der Lagune, der Wasserhaushalt geriet vollkommen durcheinander, verstärkte das Phänomen des Acqua alta, und Venedig versank sprunghaft beinahe dreißig Zentimeter tief im Wasser. Zu Beginn der Siebzigerjahre drehte sich der Wind wieder. Auf die Krise der Chemieindustrie folgte der Tourismusboom in Venedig. Und plötzlich gab es wieder auf der einen Seite die Schöne mit ihrer Aristokratie und den außergewöhnlichen Gebäuden und auf der anderen Seite das Biest mit seinen stinkenden Schornsteinen und dem gewöhnlichen Volk.

Guido, der ursprünglich von der Küste stammte, war nicht unzufrieden darüber, dass Mestre das Zünglein an der Waage war. Aber im Grunde war ihm am Venedig der Patrizier gelegen, das hochmütig auf diese vielen Menschen herabblickte, die es als gewöhnlich erachtete. Jetzt hatte er es. Hätte der mächtige Rat der Zehn, der jahrhundertelang über das Schicksal der Stadt gewacht hatte, noch existiert, wäre er eines der Mitglieder gewesen. Er lächelte vor sich hin bei der Vorstellung, wie er, ein Bauernsohn, in langer purpurroter Robe unter den Gemälden von Veronese Reden hielt. Letztlich war es eine Rückkehr zu den Wurzeln. Jahrhunderte zuvor waren es Bauern gewesen, die die Stadt als Zufluchtsort mitten in der Lagune besiedelt hatten. Sie waren es, die Tausende Pfähle setzten, um die schlammigen, von Mücken heimgesuchten Inseln miteinander zu verbinden. Es waren einfache Händler, die mutig aufs Meer hinausfuhren, um mit Salz, Getreide und Öl zu handeln, und Stürmen und Barbaren trotzten. Ja, ursprünglich waren es rechtschaffene, visionäre Arbeiter, die haufenweise Gold und Luxus generierten. Der Reichtum brachte Pflichtvergessenheit und Oberflächlichkeit und schließlich den Zusammenbruch. Aber Guido war überzeugt davon, dass Venedig als Hauptstadt des Tourismus noch viele Möglichkeiten bot. Die achthundert Hektar mit Palästen und Kanälen, auf die die ganze Welt neidisch war, waren ein neues Eldorado, das lediglich darauf wartete, Gewinn abzuwerfen. In Venedig hatten nicht nur ein, zwei schöne Ruinen oder ein paar Schlösser überlebt, sondern eine ganze Stadt. Jede Straßenecke verzauberte mit einer Brücke, einem Brunnen, einer prunkvollen Fassade, und nichts konnte mit dem Canal Grande mithalten, den er jetzt im Morgengrauen vor sich hatte.

Guido saß mit baumelnden Beinen auf den Steinen am Kai und ließ ein paar Vaporetti vorbeifahren, ohne einzusteigen, die mit einem metallischen Geräusch an der schwimmenden Haltestelle entlangschrappten. Er wollte die Nacht, die sich gerade verflüchtigte, noch ein wenig auskosten. Ab sofort würde er, Guido Malegatti, als Wirtschaftsrat die Geschicke der Stadt Venedig lenken.

Er hatte nichts vergessen: nicht den schmutzigen Hof des Bauernhauses, das im Winter feucht und im Sommer stickig war, nicht die zwanzig Hektar Wein und Getreide, wo er nach der Schule helfen musste, nicht die Scham darüber, wie ein Bauer gekleidet zu sein und schwielige Hände zu haben, jedes Mal, wenn die Schule nach den Sommerferien wieder anfing. Die Familie litt keine Not, aber es gab nichts außer der Reihe und vor allem keine Freude, keine kleinen Extras, die die Augen zum Glänzen bringen. Jeder Groschen zählte, und die Mutter musste eine Stelle »in der Chemie« annehmen, von wo sie mit kaputten Händen und kaputter Lunge zurückkam. Das war nötig, damit die beiden Jungen studieren konnten, denn Bildung galt als Garant für den sozialen Aufstieg, von dem die kleinen Leute damals noch träumten.

Anfangs war Guido nur mit Druck vorangekommen, später kam er selbst auf den Geschmack. In seinem Wirtschaftsstudium versprachen ihnen die Dozenten das Blaue vom Himmel in Bezug auf die Berufsaussichten. Er fing an zu arbeiten, doch nach drei anstrengenden Jahren war das große Geld noch immer nicht in Sicht. Schließlich taten seine Eltern ihm den größten Gefallen, indem sie innerhalb eines halben Jahres hintereinander starben, als er gerade fünfundzwanzig war.

Bei Tagesanbruch, wie heute, hatte er im Hof beim letzten Schluck seines Kaffees eine seiner legendären morgendlichen Eingebungen. Die Industrie in Marghera war noch nicht den Bach hinuntergegangen und hörte gar nicht auf zu wachsen. Vom Bauernhof aus sah man jetzt die Dächer der Arbeiterhäuser, die oberhalb der Bäume nicht ins Bild zu passen schienen. Hafen und Fabriken fraßen am Ackerland, das auch irgendwann dran wäre. Man musste vorausschauend sein, nicht abwarten, bis der ohnehin zu geringe Ertrag in der Pleite mündete und sie die Flächen zum Schleuderpreis verkaufen mussten. Er bot all seine Überzeugungskraft auf, um seinen Bruder und seine Schwester nicht nur vom Verkauf des elterlichen Hofes, sondern auch davon zu überzeugen, das Geld daraus nach seinen Vorstellungen gewinnbringend anzulegen. Die beiden konnten sich nicht beklagen. Guido investierte in zusätzliche Flächen und bestach die Verwaltung hinlänglich, um sie als Bauland auszuweisen. Zehn Jahre später hatte sich die Investition verzehnfacht, und Guido war stolzer Besitzer einer Baufirma. Er spezialisierte sich zunächst auf billigen Wohnraum. Ende der Neunzigerjahre, als die Chemieindustrie schwächelte, witterte er, dass sich eine Umstrukturierung aufdrängte. Darum hatte er seine Projekte auf ganz Venezien ausgedehnt und spielte seither in einer höheren Liga. Selbstverständlich hatte er dabei immer ein Auge auf die Perle der Lagune. Dort explodierte der Tourismus. All die Besucher mussten untergebracht werden, und zwar nicht in halb heruntergekommenen Appartements. Guido hatte sich also darangewagt, ganze Gebäude in der Stadt aufzukaufen, um sie in Hotels zu verwandeln, die er wiederum verkaufte. Das Geschäft florierte, aber es war ein harter Kampf, denn er war nicht der Einzige auf dem Markt. Die Mietverträge der Bewohner nach mehreren Generationen zu kündigen war auch keine leichte Aufgabe. Manchmal hatte er es so organisiert, dass der Strom abgestellt und damit der Auszug beschleunigt wurde, wobei er sich die Entschuldigung zurechtlegte, dass im Hinblick auf den Nutzen ein Bewohner weniger einbrachte als ein vermögender Tourist.

Nach und nach erarbeitete er sich eine beachtliche Stellung in Venedig. Aber als er versuchte, sich auf die großen Domizile und Paläste zu stürzen, fuhr er einen Misserfolg nach dem nächsten ein. Er verkehrte nicht in aristokratischen Familien, auch wenn diese finanziell inzwischen tief gesunken waren. Da war Maria Alba auf den Plan getreten.

Mit knapp vierzig Jahren verspürte Guido den Wunsch, eine Familie zu gründen. Seine Wohnungen, die immer luxuriöser wurden, erschienen ihm manchmal leer, wenn er abends nach Hause kam. Die Mädchen, egal ob bezahlt oder nicht, waren nichts als flüchtige Körper. Auf einmal bekam er Lust auf ein bürgerliches Leben und bemerkte Mütter mit Kinderwagen. Außerdem hatte er begriffen, dass er nur mit einer Ehefrau am Arm Zutritt zu der Welt erhalten würde, auf die er es abgesehen hatte.

Maria Alba langweilte sich fürchterlich. Sie war eine Dandolo. Die Familie hatte der Serenissima nicht weniger als vier Dogen beschert, darunter Enrico, einen der bemerkenswertesten Dogen im 12. Jahrhundert, der der Stadt die Tore zum östlichen Mittelmeer öffnete und den vierten Kreuzzug unterstützte, und zwar durchaus eigennützig. Doch die äußerst vornehme Herkunft hatte ihren Glanz verloren durch die Zugehörigkeit zum Familienzweig der sogenannten Dandolo de Castello. Dieser war im Laufe der Zeit verarmt, weil er zu viele Ehrenämter bezahlte und Kriege an weit entfernten Orten finanzierte. Kurzum, seit zweihundert Jahren kam man bei den Dandolo de Castello gerade so über die Runden, indem man versuchte, sich durchzulavieren. Maria Alba hatte eine katholische Bildung genossen, die sie dazu bestimmte, eine gute Ehefrau und Mutter zu werden, und mit Bedauern ihre Hoffnung aufgegeben, auf die berühmte Architekturhochschule von Venedig zu gehen: zu teuer und ohne Berufsaussichten, vor allem für eine Frau. Sie war außergewöhnlich schön. Mit dem madonnenhaften, schmalen Gesicht, gerahmt von üppigem dunklem Haar, das sie zu einem sittsamen Knoten hochsteckte, mandelförmigen grünen Augen und der hochgewachsenen Gestalt schien sie geradewegs einem Gemälde von Bellini entsprungen. Ein Großteil der gleichaltrigen Männer hatte ihr den Hof gemacht, ohne dass sie dem große Aufmerksamkeit geschenkt hätte. Sex interessierte sie nicht besonders, und die Bücher, die sie las, weckten eine altmodische Vorstellung von Romantik in ihr. Sie wartete auf die Liebe auf den ersten Blick, die nicht kam. Im Laufe der Jahre wurde ihr Herz hart, und ihre Hoffnung schrumpfte. Ihre Freundinnen heirateten, bekamen Kinder und hatten keine Zeit mehr, sich auf einen Tee zu treffen oder am Lido spazieren zu gehen. Mit sechsunddreißig Jahren wurde sie langsam unruhig bei der Vorstellung, weiterhin allein zu leben, zumal sie die Einzige war, die ihre alten Eltern unterstützte.

Die Kunst- und Architekturvorträge, die sie besuchen durfte, waren für sie das Schönste im Leben. Genau dabei entdeckte Guido sie, der auf der Suche nach einer Beziehung war. Er war beeindruckt von der Mischung aus typisch italienischem Schick und Natürlichkeit, gar Naivität. Sich Hals über Kopf zu verlieben gehörte nicht gerade zu seinem Repertoire, doch zu dieser Frau fühlte er sich tatsächlich hingezogen, und zwar nicht nur in seinen sinnlichen Träumen.

Was war wohl der gemeinsame Nenner zwischen dem neureichen Bauern und der mittellosen Patrizierin, zwischen dem kleinen Dicken und der großen Brünetten, dem Rüpel und der Wohlerzogenen? Denn es waren durchaus nicht nur konkrete Interessen, die sie zueinandertrieben. Er brachte sie zum Lachen, sie faszinierte ihn, und vielleicht fanden sie eine nicht standesgemäße Ehe insgeheim beide reizvoll. Wie auch immer, sie hatten sich gefunden. Guido wartete brav sechs Monate und machte ihr den Hof. Maria Alba brachte ihm unauffällig gute Sitten bei. Und am Ende schockierte die Hochzeit zwischen einem reichen Geschäftsmann und einer hübschen Frau aus gutem Hause niemanden.

Guido saß noch immer an der Vaporetto-Haltestelle und beobachtete, wie ein blauer, kühler Tag anbrach. Die tief stehende Sonne beleuchtete von hinten die Silhouetten der Paläste, die sich vor dem hellen Himmel wie Scherenschnitte abzeichneten. Ein leichter Dunst waberte über der Wasseroberfläche und riss dort auf, wo die Schiffe wieder zu tanzen begannen: Vaporetti, Müllschiffe, Lieferanten mit Dieselkraftstoff und private Schnellboote. Guido blieb auf dem Kai sitzen, von dem die Kälte ihm langsam den Rücken hinaufkroch. Mit dem zerknitterten Anzug und den sprießenden Bartstoppeln sah er aus wie einer der typischen venezianischen Nachtschwärmer. Wäre er bekannt gewesen, hätte das sicherlich seinem Image geschadet, denn er hatte lauthals beteuert, dass er sich sofort an die Arbeit machen würde. Aber in einer außergewöhnlichen Anwandlung von Rührung fand er gar kein Ende dabei, sein Leben Revue passieren zu lassen.

Für seine Hochzeit hatte Guido das Hotel Danieli gemietet, den ehemaligen Palazzo Dandolo, der im 15. Jahrhundert von der berühmten Familie seiner Braut erbaut worden war. An jenem Juniabend hatte er unter dem hundertjährigen Gold die Lumpen des reich gewordenen Unternehmers abgestreift. Von nun an würde er die Paläste nicht mehr durch den Dienstboteneingang betreten, um verstohlen eine Immobilienschätzung vorzunehmen, er würde eingeladen und verwöhnt werden. Das Fest entsprach all seinen Erwartungen. Die Braut war überwältigend in ihrem perlenbestickten Kleid für zwanzigtausend Euro, das ihre Anmut überfließen ließ. Für die Hochzeitsnacht hatte er befürchtet, dass seine frischgebackene Ehefrau sich prüde zeigen würde, aber er wurde positiv überrascht und war richtiggehend begeistert. Maria Alba gab sich ihm ganz hin und schien wunschlos glücklich. Er hatte Geld und Liebe, jetzt fehlte nur noch Macht.

LÉA RENNT. Ihre Absätze klackern in der Morgenstille auf den Stufen des Ponte dell'Accademia. Normalerweise liebt sie die Stadt um diese Zeit, wenn die Nachtschwärmer endlich schlafen gegangen und die Touristen noch nicht aufgestanden sind. Doch an diesem Morgen genießt sie es nicht, sie rennt durch das Sestiere San Marco, als wäre sie auf dem Weg zu einem Rendezvous. Léa ist nicht groß. Von ihrem Vater hat sie die für eine Frau eher kräftige Gestalt geerbt und die goldgesprenkelten Augen. Von ihrer Mutter hat sie das hübsche ovale Gesicht, das üppige schwarze Haar mit beinahe blauem Schimmer und die vollen Brüste. Das zusammen verleiht ihr eine androgyne Ausstrahlung, mit der sie zu spielen weiß, indem sie hohe Absätze und Lederjacke kombiniert. Mit ihren siebzehn Jahren hat sie Spaß daran, sich bei den Männern in Szene zu setzen. Auch in ihrem Charakter kreuzt sich das Wesen ihrer Eltern. Sie kann verträumt und weltfremd wie Maria Alba sein, aber wenn sie eine Entscheidung getroffen hat, ebenso hartnäckig wie Guido.

Gerade eilt sie mit gleichmäßigem Schritt durch das Labyrinth aus kleinen Gassen. Sie ist nicht spät dran, will sich aber in Ruhe an der Ecke des Campo Santi Giovanni e Paolo niederlassen und sich den besten Platz am Rio dei Mendicanti sichern. Gestern hat sie sich noch einmal ganz in Ruhe die Abbildung des Gemäldes von Bellotto angeschaut, um das es heute im Kurs gehen wird.

Sie hat gerade ihr Studium an der exklusiven Universität Ca' Foscari aufgenommen und mag alle Kurse, selbst die trockenen zur Chemie der Materialien, aber der Kurs unter freiem Himmel an diesem Vormittag ist mit Abstand ihr liebster. Es geht darum, sich bei der Beschäftigung mit einem Gemälde auf die Spuren des Malers zu begeben, sich an genau denselben Ort zu stellen wie er, um die Stimmung und das Licht zu begutachten und Skizzen in Anlehnung an den Meister zu machen.

»Sie werden noch ausreichend Gelegenheit haben, verschiedene Architektur- und Zeichenprogramme zu benutzen, aber meine Güte, wenn Sie nicht mit einem Bleistift umgehen können, ist das alles nichts wert«, hat ihnen Signor Boldi eingetrichtert, der das Seminar »Deskriptive Malerei vom 13. bis zum 19. Jahrhundert« leitet.

Die erste Sitzung fand auf dem Markusplatz zu einem Gemälde von Renoir statt. Sie analysierten die Spiegelung des Himmels auf den Pflastersteinen und das Abendlicht, das die Backsteine der Kirche rosa lodern ließ, sie begriffen, wie der Raum, der sich durch den Platz auftut, das Gebäude noch weihevoller erscheinen lässt, und versuchten schließlich selbst, etwas unbeholfen, die gleiche Stadtansicht zu skizzieren. Léa geriet ins Schwärmen darüber, wie die kleinen Farbflecken die Vielschichtigkeit von Bauplastik und Mosaiken vermittelten. Sie kannte die Fassade in- und auswendig, aber es kam ihr vor, als würde sie sie neu entdecken.

Die zweite Exkursion fand erstaunlicherweise am selben Ort statt, und zwar zu einem Gemälde von Canaletto. Bevor sie versuchten, es zu kopieren, befragte Signor Boldi sie zu den unterschiedlichen Herangehensweisen beider Maler. Die Antworten kreisten allesamt um den realistischen Stil Canalettos und den angedeuteten von Renoir, der sich in Farbtupfern offenbarte.

Léa erntete Lob für ihre Anmerkung: »Canalettos Blick scheint abzutauchen, der Maler muss hoch oben gesessen haben, vielleicht an einem Fenster im Museo Correr.«

»Guter Einwurf, Signorina Malegatti. Schauen wir mal, ob wir den genauen Ort ausfindig machen können.«

Sie gelangten in den langen, mit Marmor ausgekleideten Flur im ersten Stock. Ja, genau hier hatte Canaletto tatsächlich dreihundert Jahre zuvor seine Staffelei aufgestellt. Léa schauderte ein wenig bei dem Gedanken. Sie fand die Vorstellung faszinierend, dass sie genau dieselben Dinge aufmerksam betrachten konnte wie unzählige Augen schon Jahrhunderte vor ihr. Es schien ihr, als würde dadurch eine starke Verbindung zwischen ihr und all jenen geknüpft, die vor ihr gelebt hatten, und das ergriff sie.

»Wie unglaublich genau die Perspektive ist, die Schatten und das Licht, man könnte meinen, es ist ein Foto«, schwärmte Simon, ihr Kommilitone aus England.

»Es ist tatsächlich eins!«, sagte der Professor lachend. »Wer kriegt heraus, mit welcher Methode der Maler mehr als hundert Jahre vor ihrer Erfindung die Genauigkeit einer Fotografie erreicht hat?«

Die zehn Studierenden waren ratlos. Nachdem er sie ein bisschen hatte schmachten lassen, verkündete Signor Boldi triumphierend:

»Camera obscura! Die Dunkelkammer. Um eine zweidimensionale Projektion zu erhalten, genügt eine dunkle Kiste, in deren Vorderseite ein Loch gebohrt ist und deren Rückwand aus dünnem Papier oder einer Milchglasscheibe besteht. Ich muss Sie wohl mal an Ihre Optik-Kurse erinnern.

Durch das Loch dringen nur die Lichtstrahlen, die in gerader Linie von der Umgebung her einfallen. Sie erhalten dasselbe Stadtbild, nur umgekehrt, von rechts nach links und von oben und unten. Das System war tatsächlich schon vor Christus bekannt! Es hat lange Zeit zur Beobachtung der Sterne gedient. Leonardo da Vinci hat eine Theorie dazu begründet, und vermutlich hat Vermeer sie angewendet. Aber unsere venezianische Schule des 18. Jahrhunderts hat auf jeden Fall reichlich Gebrauch davon gemacht, vor allem Canaletto. Die Malerei dieser Zeit hat Anspruch auf Wahrheit erhoben, sie wollte denselben Blick vermitteln wie das menschliche Auge.«

Léa dachte darüber nach. Das Gemälde von Canaletto war also nicht nur von dem berühmten Platz inspiriert, sondern im Prinzip ein Foto davon. Es hatte einen ganz bestimmten Tag, einen ganz bestimmten Moment gegeben, an dem die beiden Bürger mit den Perücken sich unterhalten hatten, einer in Blau und der andere in Rot; an dem der Mann in Lumpen, den Korb auf dem Kopf, den Platz überquert hatte. Wie oft hatte sie beim Einschlafen schon davon geträumt, im 16. oder 18. Jahrhundert aufzuwachen? Jetzt war sie da.

Ihre Liebe für die Stadt ist tief in ihr verankert, exzessiv, beinahe körperlich. Als sie klein war, hat Maria Alba ihr das Volk der unnachgiebigen Fischer nahegebracht. Ihre Mutter war gar nicht zu bremsen, und was sie nicht auf einer Architekturhochschule hatte lernen können, hatte sie sich in unzähligen Vorträgen angeeignet, mit deren Hilfe sie gegen ihre Langeweile ankämpfte, bis sie dort eines Tages Guido kennenlernte. Nach ihrer Heirat hatte sie, weil ihr Mann den Großteil des Tages nicht da war, diese Leidenschaft gepflegt. Sobald ihre Tochter alt genug war, unternahm sie mit ihr endlose Spaziergänge auf den Spuren ruhmreicher Vorfahren. Wer konnte sich schon damit brüsten, vier Dogen, eine Dogaressa, zwei Herzöge, einen Prokurator, einen Senator sowie lauter mutige Kapitäne, gescheite Kaufleute und hohe Beamte in der eigenen Familie zu haben, die unermüdlich für Venedigs Ruhm und den des Dandolo-Clans gearbeitet hatten? Wer konnte schon stolz darauf sein, dieselben kleinen Gassen entlangzulaufen und dieselben Brücken zu überqueren wie die eigenen Vorfahren zehn Jahrhunderte zuvor?

Während sie ihr die Gemälde genau beschrieb, auf denen ihre Ahnen zu sehen waren, und die Paläste, die sie hatten bauen lassen, vermittelte Maria Alba ihrer Tochter den venezianischen Geist und erzog sie in dem Stolz, zu einer Stadt zu gehören, die ihresgleichen suchte, zu einem Volk, das unabhängig, mächtig und kultiviert war.

»Weißt du, Léa«, sagte ihre Mutter, »solange sich alle für das Allgemeinwohl aufgeopfert haben, hat alles gut geklappt. Wenn eine Gefahr drohte, gingen die Adligen an ihre Reserven, die Familien opferten den besten Sohn für den Krieg, die Künstler und Kaufleute arbeiteten doppelt so viel. Alle hielten zusammen.«

»Ist das denn jetzt nicht mehr so?«, fragte Léa.

»Ach, wir haben wohl zu viel Glück gehabt. Die Leute sind immer vergnügungssüchtiger geworden und übernehmen immer weniger Verantwortung.«

»Aber das kann doch wiederkommen, oder?«

»Ich fürchte nicht. Heutzutage denkt jeder nur an sich.«

Völlig versunken in die Vorstellung dieser idyllischen, schwierigen Zeit, träumte Léa eher vom ruhmvollen 15. als vom oberflächlichen 18. Jahrhundert. Nachdem sie sich die Gemälde des Quattrocento ganz genau angeschaut hatte, verkleidete sie sich an den Wochenenden mit einer Art langer

Toga aus einem roten Betttuch, das auf ihren Wunsch hin mit Kaninchenfell anstelle von Hermelin gesäumt war. Die Haare zu einem *corno ducale* frisiert, jener hinten spitz zulaufenden Kopfbedeckung, dem Machtsymbol der Dogen, brachte sie ihren Freundinnen bei, den »Rat der Zehn« abzuhalten, die Treulosen anzuprangern und die Uskok-Piraten aus Kroatien niederzuwerfen. Das Ganze endete mit einer wilden Prozession auf der Terrasse, wo die Mädchen die Blüten von den Rosensträuchern und Bougainvilleen abzupften, um sie vor die Sieger zu streuen. Nur eine von ihnen durfte den Dogen spielen: Léa.

Früher war Léa zusammen mit ihrer Mutter durch die Stadt, durch Kirchen und Museen gestreift, aber sobald sie alt genug war, um allein spazieren zu gehen, beschloss sie, Venedig von Grund auf selbst zu erkunden. Wenn sie aus der Schule kam, schlenderte sie noch ein, zwei Stunden durch die Gegend und nahm sich fest vor, alles abzulaufen, was sich in Venedig Campo, Piazzetta, Calle, Piscina, Ramo, Ruga und Rio nannte. Sie verewigte die Orte mit ihrem Handy und ordnete die Bilder akribisch. Als sie die ganze Stadt durchwandert hatte, fing sie wieder von vorn an, wobei sie nun die Häuser in den Blick nahm, die ihr gefielen, die kleinen, mit Blumentöpfen eingefassten Höfe und die unzähligen Brunnen. Jedes Mal, wenn sie sich in einen schmalen Durchgang wagte, wo der Himmel nur noch ein schmaler Streifen über ihrem Kopf war, hatte sie den Eindruck, in einen Uterus einzutauchen. Die Stadt wurde zu einem Lebewesen, das von Kanal-Venen durchblutet wurde und in dem ein geheimes Leben pulsierte. Selbstverständlich konnte sie architektonische Neuerungen nicht leiden und setzte ihre Toleranzgrenze bei der Mitte des 19. Jahrhunderts an. Sie machte einen großen Umweg, um den

Ponte della Costituzione zu meiden, dessen Modernismus aus Stahl und Glas ihr die Tränen in die Augen steigen ließ.

Außer Atem erreicht Léa den Campo Santi Giovanni e Paolo. Um diese Uhrzeit wirft die Basilika San Zanipolo noch ihren klobigen Schatten. Nur der Rio ist ein Strom aus Licht, der die Fassaden auf beiden Seiten vergoldet. Um sich haargenau an dieselbe Stelle wie der Maler zu begeben, muss Léa sich, wie sie herausgefunden hat, an die Fassade des Hauses lehnen, das an der Südwestecke des Platzes steht, gegenüber der Scuola Grande di San Marco, die Kathedrale zur Rechten. Aber dieser Platz ist schon von Signor Boldi besetzt.

»Äußerst pünktlich, Signorina Malegatti«, sagt er mit einem Lächeln.

Ein wenig verlegen wegen ihrer verschwitzten Bluse, die den kindlichen Übereifer der strebsamen Studentin verrät, wechselt Léa rasch das Thema.

»Signor Boldi, darf ich Sie etwas fragen? Warum haben Sie das Gemälde von Bellotto ausgesucht? Entschuldigen Sie, aber es ist weder das berühmteste noch das eindrucksvollste.«

»Hm. Ich habe eine kleine Überraschung für Sie, und dieses Gemälde ist eines der wenigen, die sie zur Geltung bringen. Haben Sie noch einen Moment Geduld.«

Kurz darauf treffen die anderen zehn Studierenden ein. Signor Boldi eröffnet das Seminar im Freien, er ordnet zunächst den Maler und sein Werk in den historischen Kontext ein und erläutert noch einmal die Technik der Dunkelkammer, die hier ganz offensichtlich verwendet wurde. Dann lässt er sie mit dem Zeichnen beginnen.

Zwei Stunden später holt der Dozent aus einer Tasche, die an der Wand lehnt, Bandmaße hervor.

»Legen Sie Ihre Zeichnungen beiseite. Wir überprüfen jetzt, ob die Dunkelkammer hilfreich und wie genau das Gemälde von Bellotto ist.«

Für die nächsten drei Stunden verwandeln sich die angehenden Künstler also in Vermessungsingenieure. Für die beiden Teams, die auf der Seite des Kanals arbeiten, wo die Wohnhäuser direkt ohne Uferpromenade ins Wasser münden, hat der Professor kleine Boote besorgt. Weil die meisten Studentinnen nicht nass werden wollen, bilden hier nur Léa und Valentina zusammen mit Simon und Lorenzo ein Team. Wenn es nach Léa gegangen wäre, wäre Letzterer nicht dabei. Er ist ein Contarini.

»Seit dem ruhmvollen Jahr 697«, hat er selbstgefällig beteuert, als der Professor am ersten Tag die Teilnehmenden aufrief, um der Namensliste die Gesichter zuzuordnen.

Wenn man die Serenissima mit nicht weniger als acht Dogen und einem ganzen Aufgebot an Diplomaten, Prokuratoren und Kardinälen versorgt hat, kann man selbstverständlich stolz auf seine Ahnen sein. Aber Lorenzo scheint es sich selbst zuzuschreiben. Noch dazu sieht er aus wie ein Engel: lockiges Haar, venezianisch blond, beinahe rot, kristallklare blaue Augen, eine gerade Nase, ein wohlgeformter Mund, ein echter Engel des 15. Jahrhunderts. Und das weiß er auch. Und weil ein Vorteil selten allein kommt, gehört er zu einem Zweig der Contarini, der sein Vermögen nicht für den Staat ausgegeben hat. Léa hat sofort eine Abneigung gegen ihn gehabt, als er sie gefragt hat: »Von welchem Dandolo-Zweig stammt denn deine Mutter ab? … Ah! Castello, und was macht dein Vater? … Ach, der ist tatsächlich Bauunternehmer?«

Keine besonders elegante Art, auf die nicht standesgemäße Ehe hinzuweisen.

Glücklicherweise ist der junge Mann äußerst beschäftigt mit seinem Handy, das ständig klingelt.

Alles, was in Reichweite ist, muss vermessen werden: die Länge der Fassaden, die Größe der Fenster und Türen, der Abstand dazwischen, Form und Fläche der Fensterläden, die Eingangsstufen ...

»Seien Sie ganz genau«, empfiehlt Signor Boldi. »Notieren Sie auch die Art der Steine und Ziegel und wo grünliche Spuren zu sehen sind, die die Algen bei Hochwasser hinterlassen haben ... Alles ist wichtig. Machen Sie so viele Fotos wie möglich mit Ihren Handys, Gesamtansichten ebenso wie Details, das hilft uns später.«

Mit Lorenzo im Schlepptau beginnen die Studierenden, mit dem Bandmaß zu hantieren und anhand der Messungen Pläne zu skizzieren. Die Arbeit dauert länger, als sie gedacht hätten, aber sie sind froh, in einem Boot in der Sonne zu sein und nicht in einem Seminarraum. Vom Glockenturm der Basilika schlägt es zwölf Uhr. Als Léa das Bandmaß gegen eine Mauer hält, während Simon es abrollt, ertappt sie sich dabei, wie sie die Steine streichelt. Sie sind lauwarm, und sie spürt winzige Putzkörnchen, die sich lösen und in ihre Handfläche rieseln. Sie hat das Gefühl, einen Körper zu streicheln, den Körper einer Stadt aus Stein. Sie schmiegt ihr Gesicht an die Fassade, die einen Geruch nach Erde, Salpeter und Feuchtigkeit verströmt. Noch nie hat sie auf den Geruch von Venedig geachtet, obwohl er sie seit ihrer frühesten Kindheit begleitet. Sie entdeckt etwas Sinnliches darin. Sehen und Hören gelten als die edlen Sinne, weil sich mit ihnen Malerei und Musik erschließen, der Geruchssinn hingegen ist suspekt, weil er die Dünste des Elends und der Lust einfängt. Ihr wird bewusst, dass es genau das ist, was sie wahrnimmt: ein zärtliches, beinahe verliebtes Gefühl für diese Steine, die andere vor ihr zurechtgeschnitten, poliert und ebenfalls sanft berührt haben. Verliebt in eine Stadt, vollkommen verrückt! Trotzdem ist Léa, die Wange an die aus den Fugen geratenen Steine gelegt, derart ergriffen, dass ihr die Augen brennen. Fände sie es nicht ein wenig lächerlich, würde sie sagen, dass sie in diesem Augenblick mit der Stadt vereint ist.

Valentina schaut Léa verwundert an, die reglos mit dem Gesicht an der Fassade lehnt.

»He, Léa, schläfst du? Komm, wir sind noch nicht fertig!«

Léa löst sich von der Wand. Etwas hallt in ihr nach.

Das Seminar am nächsten Tag findet nicht in der renommierten Ca' Foscari statt, dem Sitz der Universität, sondern im hinteren Teil des Sestiere Dorsoduro in einem Nebengebäude aus den Siebzigerjahren, das Léa auf Anhieb gehasst hat, als verübelte sie es ihm, den Platz eines älteren Gebäudes einzunehmen. Die moderne Architektur bringt allerdings den Vorteil mit sich, dass durch die großen Fenster viel Licht hereinströmt, was bei der kleinteiligen Aufgabe hilfreich ist. Jetzt gilt es, ihre vielen Messungen und Fotos mit den vor ihnen ausgebreiteten Reproduktionen des Gemäldes zu vergleichen.

Es drängt sich auf, wie sehr das Bild der Architektur, die sie vermessen haben, ähnelt. Sämtliche Abstände zwischen Türen und Fenstern, jede noch so kleine Verzierung, die Höhe, auf der der istrische Kalkstein in den Backsteinsockel übergeht, sind exakt abgebildet. Sie haben tatsächlich genau das Stadtbild vor Augen, das Bellotto fast dreihundert Jahre zuvor betrachtet hat.

»Und jetzt das Beste«, ruft der Professor, der sich freut, sie an dem Punkt zu haben, wo er sie haben wollte. »Nehmen wir uns mal die Gruppenarbeit von Léa, Simon, Valentina und Lorenzo vor. Ich möchte gern, dass Sie einmal genau die braune Spur der Algen prüfen, die den Stand des Hochwassers anzeigt – auf dem Gemälde und dann so, wie wir es heute sehen.«

Die Antwort lässt nicht lange auf sich warten:

»Auf dem Gemälde ist die Spur viel niedriger. Man sieht dort mindestens drei Reihen Kalkstein, die auf den Fotos, die wir gestern gemacht haben, nicht zu sehen sind.«

»Heute sind die Türen an der Wasserseite der Häuser beinahe ... siebzig Zentimeter hoch zugemauert«, liest Léa aus ihren Notizen vor.

»Wenn Sie einen unwiderlegbaren Beweis dafür wollen, dass Venedig versinkt – hier haben Sie ihn, ganz anschaulich. Ich habe Sie das nachvollziehen und zusammenfassen lassen, was Dario Camuffo in seiner hervorragenden Studie gemacht hat, zu der ich Ihnen heute Abend noch den Link maile. Er hat sich bei seinen Beobachtungen ebenfalls auf die Gemälde von Veronese und Canaletto gestützt, mit denselben Ergebnissen. Die methodologischen Details finden Sie dort. Die Erkenntnis ist klar und deutlich: 61 Zentimeter, das sind 1,3 Millimeter pro Jahr.« Und etwas poetischer fügt Signor Boldi hinzu: »Die Kunst ist keine weltfremde Vorstellung, Kunst kann auch Wahrheit vermitteln und hat uns über Jahrhunderte hinweg etwas zu sagen.«

»Na und«, murmelt ein Student hinten im Raum vor sich hin. »Weiß doch jeder, dass Venedig versinkt.«

»Eben nicht, junger Mann. Erst seit 1872 gibt es einen Mareografen. Für die Zeit davor haben wir keinerlei eindeutige Informationen, außer dieser hier! Sie werden in der Studie von Camuffo lesen, dass der durchschnittliche sichtbare Anstieg

1,9 Millimeter pro Jahr beträgt, seitdem der Mareograf existiert. Was bedeutet, dass Venedig immer schneller versinkt.

Ich will ja nicht vorwegnehmen, was mein Kollege Signor Scherzi in seinem Seminar zur Chemie der Materialien behandelt, aber schauen wir uns einmal an, wie die Häuser und Palazzi gebaut wurden, nachdem Tausende von Pfählen in den Schlamm eingelassen und eine Plattform aus Eichenholz errichtet waren: Der Sockel der Mauern wurde aus dem schönen weißen, harten Kalkstein aus Istrien gebaut, und Sie haben alle bemerkt, dass davon die letzten Reihen herausschauen, die vor Spritzwasser schützen. Darüber wurde, um möglichst leicht zu bauen, mit Backstein weitergemauert, dazu große Fenster. Heute ist der Backstein in direktem Kontakt mit dem Meerwasser. Das Salz dringt ein und löst Mörtel und Putz auf, was die Gebäudesubstanz gefährdet.«

Léa verfällt ins Grübeln. Seit sie so ergriffen von der Stadt gewesen ist, fühlt sie sich seltsam, anders. Als würde dringend nach ihr gerufen. Sie hat einen neuen Blick auf Venedig. Anstelle von Statuen, Gesimsen und Glockentürmen sieht sie nur noch Verfall, rissige Steine, zerfressenen Backstein, in großen Placken bröckelnden Putz. Vorher ist sie so hingerissen von der museumsgleichen Stadt gewesen, dass sie weder die großen Metallplatten bemerkt hat, die bereitstehen, um die Eingänge zu den Geschäften abzudichten, noch die hinzugefügten Durchgänge, Stufen und Gerüste, die den höheren Wasserstand ausgleichen sollen. Jetzt sieht sie nichts anderes mehr, Zeichen eines sinnlosen Unterfangens und der Ohnmacht. Nach und nach kann sie ihre Gefühle benennen. Sie ärgert sich, schlimmer noch, sie ist traurig und wütend und schämt sich. Das erinnert sie an das Gefühl, das eine Dokumentation über die nicht wiedergutzumachende Zerstörung der Buddha-Statuen von Bamiyan in Afghanistan in ihr ausgelöst hat. Als die großen, in sich ruhenden Gesichter einstürzten, empfand sie eine tiefe Trauer, die sie nur beim Tod von Menschen für möglich gehalten hatte.

MARIA ALBA LANGWEILT SICH. Sie versucht sich darauf zu konzentrieren, Freesien in einer Vase zu arrangieren. Sie liebt den süßen Duft dieser Blumen. Jede Woche stellt sie einen Strauß in ihr Schlafzimmer und einen weiteren ins Wohnzimmer.

Léa stört sich manchmal daran: »Schon wieder Freesien, kannst du nicht mal andere Blumen nehmen?«

Maria Alba mag keine Veränderungen. Rituale beruhigen sie, wenn alles um sie herum zu schnell geht. Außerdem gefällt es Guido, das weiß sie. Sie verkörpert die Stabilität ihres gemeinsamen Zuhauses. Lange hat sie diese Rolle genossen, die ihr ein Vorteil zu sein schien. Die Beständigkeit macht sie in gewisser Weise stolz. Die Welt geht dahin, sie bleibt. Auch das hat sie in die Arme von Guido getrieben. Er war alles andere als der Märchenprinz, bot ihr aber, auf was sie kaum noch zu hoffen wagte: Sicherheit und Kontinuität. Wenn sie von seiner neureichen Selbstgefälligkeit absah, hatte es sie angesprochen, dass er an Werten wie Heimat und Familie festhielt, auf denen ihre Erziehung basierte.

Jetzt, wo Geld kein Problem mehr darstellt, verbringt sie ihre Tage damit, ihr Heim so perfekt wie möglich zu gestalten: Geschirr von Ginori, Gläser von Baccarat, Kommoden aus dem 18. Jahrhundert neben Kanapees von Poltrona Frau und schlichtem Biskuitporzellan aus Sèvres. Mit jenem Geschmack, den man bei den Italienern für angeboren hält, weiß

Maria Alba verschiedene Stile miteinander zu kombinieren, ihre Wurzeln und gleichzeitig ihre Modernität zur Schau zu stellen, ganz unauffällig. Auf dieselbe Weise achtet sie auf ihre Körperpflege und ihr Aussehen und gönnt sich fuchsiafarbene oder türkise Seidenkleider und Dekolletés, die nur ein wenig zu tief blicken lassen und mit gerade geschnittenen, eher altmodischen Röcken kontrastieren. Lediglich zu hohe Absätze vermeidet sie, denn sie ist ohnehin beinahe einen Kopf größer als Guido. In ihrer Frisierkommode verwahrt sie ein Heft, in dem sie Tag für Tag die Kleidung und die Menüs im Zusammenhang mit Gästen und Besuchen notiert. Ausgeschlossen, zweimal dasselbe Gericht zu reichen oder dieselben Kleider zu tragen und so den Anschein zu erwecken, man habe nicht genug.

Das Leben ist dahingegangen zwischen Einladungen zum Tee und Abendgesellschaften, Wohnzeitschriften und Luxusgeschäften. Warum nur regt sie sich heute Morgen über die Freesien auf, die sie auf einmal völlig albern findet, beinahe ordinär mit ihren übertriebenen Farben?

In zwei Monaten wird sie sechsundfünfzig. Gegen das Alter lässt sich immer schlechter ankämpfen, trotz der Luxuscremes mit Aloe vera und des minimalen Liftings, das sie nie hat zugeben wollen. Das Tal zwischen den Brüsten und ihr Hals werden schlaff. Es ist unabwendbar. Bald wird sie ihre Arme nicht mehr zur Geltung bringen können, die langsam Flecken bekommen, und vor Kurzem hat es ihr einen Stich versetzt, als sie sie vor dem Spiegel hochhob. Ihre Haut beginnt herunterzuhängen wie ein schwerer Vorhang.

»Ich seh aus wie eine Fledermaus«, hat sie mit Tränen in den Augen ausgerufen.

Wenn es Maria Alba schlecht geht, sucht sie Zuflucht auf

der Terrasse, die sie gewissenhaft hegt und pflegt. Ihre ganze Liebe ist die Hollywoodschaukel, in die sie sich hineinkuschelt, während sie sich mit einem Fuß leicht Anschwung gibt. Es beruhigt sie, mit der Hand über die Marmorplatte des Beistelltisches zu streichen, und noch mehr, die geschickt ein wenig nachlässig arrangierten, üppig wuchernden Blumen zu betrachten, den gebändigten Wildwuchs, den sie für viel Geld instand halten lässt.

Von dort aus blickt sie nur auf die Dachziegel zwischen den Rosen, beige und braun, auf das obere Stück einer Dachgaube und ein paar hoch aufragende und für die Stadt so typische Schornsteine. Der Himmel ist nie wirklich blau in Venedig, er ist wie ausgebleicht von zu viel Sonne, und sein pastelliger Ton harmoniert sanft und beruhigend mit dem der Dächer. Die Wohnung ist weit genug entfernt vom Canal Grande gelegen, um das ständige Surren der Motoren auszublenden. Von der autofreien Straße dringt kaum Lärm hinauf. Maria Alba fühlt sich von der Terrasse beschützt vor der Zeit. Es sind noch immer dieselben Dachziegel, dieselben Schornsteine und derselbe Himmel, die ihre Großmütter und Urgroßmütter fortwährend begleitet haben.

Ändert sich denn nichts? Doch. Sie weiß sehr wohl, dass die Dinge sich ändern, selbst im ewigen Venedig. Seit ihrer Kindheit hat sie miterlebt, wie die Touristen die Straßen immer mehr verstopfen, die Geschäfte sich verwandeln und ihre Freunde ihre Familienhäuser aufteilen, um darin kleine Wohnungen für Airbnb einzurichten. All das erscheint ihr banal, aber dabei ist Geld in die Stadt geflossen. Venedig, das im Begriff war, sich aufzulösen, hat sich wieder gefangen. Zahlreiche Palazzi wurden in Hotels umgewandelt und dabei so restauriert, wie die alten Bewohner es sich niemals hätten leisten können. Ist es nicht egal, ob die heutigen Besitzer aus Amerika, Russland oder den Vereinigten Arabischen Emiraten stammen, solange sie den Fortbestand sichern? Sie versteht Guido, wenn er zufrieden von Stadtentwicklung und Beschäftigung erzählt. Aber sie mag es nicht, wenn all das Einfluss auf ihre Umgebung hat und sie sich in die Menge mischen muss. Darum plant sie sorgfältig, wann sie aus dem Haus geht und welchen Weg sie einschlägt, um das zu vermeiden.

Sie blättert in ihrer Zeitschrift, legt sie zur Seite, nimmt sie wieder in die Hand. Der Himmel zeigt sich mausgrau, melancholisch. Entspricht das ihrer Stimmungslage? Guido ist für vier Tage nach Rom gefahren, Léa hat ein Seminar und kommt sicher nicht so schnell nach Hause. Sie könnte zum Friseur gehen, zum Tee einladen, Rita anrufen, um den Nachmittag gemeinsam am Strand zu verbringen oder die Fotoausstellung anzusehen, deren Prospekt gerade aus der Zeitschrift rutscht. Sie fühlt sich benommen, und ihr ist ein wenig unwohl.

Mit Léas Studium hat Maria Albas Verunsicherung begonnen. Sie fühlt sich beraubt und weiß, dass es kein Zurück gibt. Die Zeit, als Léa ein Kleinkind war, mochte sie nicht. Sie nahm es ihrer Tochter übel, dass sie sich ihre schlanke Figur zurückerkämpfen musste oder bei vollen Windeln Brechreiz bekam, und beschäftigte häufig Tagesmütter. Und weil Léa erstaunlich frühreif war, ließ sie sie ein Jahr eher einschulen als üblich. Aber als das kleine Mädchen größer wurde, begann Maria Alba sich schließlich für ihre Erziehung zu interessieren. Die kindliche Neugier vermittelte ihr den Eindruck, etwas in ihrem Sinne zu formen und eine Spur zu hinterlassen. Zwei Dinge schienen ihr würdig, weitergegeben zu werden: ein Gespür für Schönheit und die Liebe zu ihrer Stadt und ihrer Herkunft. In einer bewegten und unvorhersehbaren Welt würden ihre Wurzeln Léa eine unveräußerliche Basis sein. Und die Schönheit böte ihr Lebensfreude und schlimmstenfalls Trost. In beiderlei Hinsicht war Maria Alba äußerst erfolgreich. Léa war begierig auf alles. Mit sechs Jahren betrat sie zum ersten Mal den Dogenpalast.

Eingerollt in ihrer Hollywoodschaukel, erinnert Maria Alba sich selbstzufrieden an diesen Tag. Dank ihres Namens hat sie auch außerhalb der normalen Öffnungszeiten Zutritt zum Palast. Sie sieht das Kind wieder vor sich, wie es mit den kleinen Beinen die Goldene Treppe erklimmt, völlig erschlagen von dem stillen Prunk.

»Ist das die Treppe zum Paradies?«, fragte Léa, während sie den Kopf in alle Richtungen reckte, um die Kassettendecke zu betrachten.

Oben schüchterten die glänzenden Marmorsäle mit den riesigen Gemälden sie ein. Sie zögerte, hineinzugehen, und blieb auf der Schwelle stehen, als ob sie darauf wartete, für ihre Neugier bestraft zu werden.

»Mama, warum ist das so groß?«

»Der Doge war ein großer König, mein Schatz. Er hatte viele Berater, und er empfing Leute aus der ganzen Welt.«

»War Venedig die Hauptstadt der Welt?«

»Ja, in gewisser Weise.«

Eines Tages würde Léa sich daran erinnern, dass sie damals den Eindruck hatte, das Stimmengewirr einer Menschenmenge in prächtigen Kleidern aus tiefster Vergangenheit zu hören. Aber die Räume waren zu leer, zu groß. Ihr kleines blaues Kleid, das schönste, das sie hatte, wirkte blass im Vergleich mit dem, was sie auf den Gemälden sah. Zum ersten Mal in ihrem Leben sehnte sie sich nach der Zeit dieser Machtfülle.

»Und ich hatte einen Großvater, der war König, oder?«

»Keinen Großvater, aber zumindest waren vier deiner Vorfahren vor sehr, sehr langer Zeit Dogen in Venedig«, erklärte Maria Alba und nahm ihre kleine Tochter mit in den Saal des Großen Rates. »Komm her und schau dir das an.«

Die gigantischen Ausmaße des Raumes standen im Gegensatz zu den dünnen Gestalten von Mutter und Tochter. Sie bewegten sich behutsam voran wie Astronauten auf dem Boden eines unbekannten Planeten. Die zweihundert Porträts der Dogen tanzten wie eine Sarabande rund um den Raum.

»Enrico, Francesco, Giovanni, Andrea«, zählte die Mutter auf, während sie von einem Medaillon zum nächsten ging.

Für Léa war alles ziemlich verworren. All die weißbärtigen, mit wertvollen Steinen geschmückten Männer, die gerunzelten Stirnen und stechenden Blicke beeindruckten sie und machten ihr zugleich Angst.

Nach dem Besuch sprach Léa von nichts anderem mehr und löcherte ihre Mutter mit Fragen: »Hatten die Dogen auch Kinder? Wohnten die auch im Palast? Wurde tatsächlich so oft Krieg geführt wie auf den Bildern?«

Maria Alba freute sich ungemein. Sie war nicht länger der Abkömmling einer verarmten Familie und die Ehefrau eines Nichtadeligen, sondern eine Frau, die eine Geschichte weitergab, die mit diesem staunenden Kind fortgeschrieben wurde.

Nur eine Kleinigkeit war nicht im Einklang mit ihrer Begeisterung. Eines Abends saß Léa auf den Knien ihres Vaters und zeigte ihm ihr Buch über die Geschichte Venedigs mit den vielen bunten Bildern. Bei der Zeichnung eines Dogen fragte sie: »Und wer sind die Dogen aus deiner Familie, Papa?«

Guido räusperte sich unbewusst. »Mein Schatz, in meiner Familie gab es Bauern. Dein Großvater und sein Großvater haben Getreide und Gemüse angebaut, damit die Menschen auf unserer schönen Erde etwas zu essen hatten.«

Er ließ seine Stimme absichtlich heiter klingen. Aber Kindern entgeht nichts.

»Hatten sie denn keine schönen Kleider, keine Pferde und keine Schiffe?«, fragte Léa ein wenig enttäuscht.

Guido klappte ungeduldig das Buch zu.

»Nicht jeder hat so ein Glück«, sagte er ein wenig schroff. »Es muss schließlich auch Leute geben, die schuften, damit die anderen sich aufplustern können. Aber das ist unwichtig. Jetzt verdient Papa viel Geld, damit meine kleine Prinzessin schöne Kleider haben kann.«

Léa bemerkte den seltsamen Blick, den ihre Eltern tauschten. Irgendwo im Kindergedächtnis prägte sich eine Spur von Verlegenheit ein. Nie wieder würde sie das Thema mit ihrem Vater anschneiden.

Mutter und Tochter verbrachten ganze Tage damit, kreuz und quer durch die Stadt zu spazieren. Wenn ihre Freundinnen zum Musikunterricht, zum Tanzen oder Schwimmen gingen, besuchte Léa die Gallerie dell'Accademia oder das Museo Correr, die Basilika San Zanipolo und all die anderen unzähligen Kirchen. Maria Alba hatte Freude daran, das Goldene Zeitalter zu beschreiben, in dem die ganze Welt diese fremde Stadt beneidete, die einzige, die all den Gefahren getrotzt hatte, die Stadt der Noblesse, der Toleranz und der Erfindungen; eine Stadt, in der sich Mauren und Europäer, Christen, Juden und selbst Atheisten friedlich begegneten. Selbstverständlich sah Maria Alba dabei über die unzähligen Intrigen, die aufrührerischen Gruppen und fiesen Machenschaften hinweg, von denen Venedig regelmäßig gebeutelt worden war. Sie verschwieg die gefürchtete Polizei und die Denunzianten, die steinernen Beschwerdebriefkästen an den Mauern des Dogenpalastes, immer randvoll mit gehässigen Briefen, die jeden im Schnellverfahren ins Gefängnis bringen konnten. Diese Stadt, die Meisterin der Kommunikation, bevor der Begriff überhaupt existierte, gab beständig vor, leuchtend, ja sogar die Allerdurchlauchteste zu sein.

Inzwischen kommt Léa auch ohne Anstandsdame aus, wenn sie durch die Stadt streift, und Maria Albas Talent als Geschichtenerzählerin ist nicht mehr gefragt. Sie fühlt sich nutzlos, wie gestrandet an einem Ufer, von dem sie fürchtet, dass es das Alter ist.

GUIDO HAT HART GEKÄMPFT, um ein Büro in der Ca' Farsetti zu erhalten, dem historischen Stadtpalast, der als Rathaus dient. Es kam für ihn überhaupt nicht infrage, in das moderne »Wirtschaftsgebäude« verbannt zu werden, und noch nicht einmal, den ganzen Tag lang das elektrische Licht im hinteren Teil des Palazzos zu ertragen, der auf enge Gassen hinausgeht. Alle Säle mit hohen, spitzbogenförmigen Fenstern sind für Empfänge und die Büros des Bürgermeisters reserviert, und Guido hat als Einziger derart intrigiert, dass er sich in der obersten Etage einrichten kann, wo zwei hübsche Fenster ihm einen unverbaubaren Blick auf den Canal Grande bieten. Von dort aus schaut er auf die Stadt hinab, saugt sie auf und wacht über sie. Das Zimmer könnte einen Besuch von Maria Alba vertragen, um Struktur hineinzubringen. Ein Schreibtisch aus Glas und Edelstahl und ein Ledersessel stehen neben unscheinbaren Schränken und einem Sofa aus dem 18. Jahrhundert, das für Gemütlichkeit sorgen soll. Die Wände sind kahl bis auf eine große Reliefkarte von Venedig aus Kunststoff, wie man sie in den Achtzigerjahren in der Schule anfertigte. Guido steckt Reißzwecken an strategisch wichtige Orte, die er immer wieder umordnet. Wie ein Kind fühlt er sich dabei als ein General, der seine Truppen versetzt. Auf dem Schreibtisch, unter dem Schreibtisch und rund um den Schreibtisch Aktenstapel, die umzufallen drohen oder es bereits getan haben. Das gehört zur hektischen Atmosphäre, die Guido gern um sich herum verbreitet. Er blüht auf, wenn etwas eilt. Zeitdruck bestärkt sein Gefühl, unersetzbar zu sein.

Als er ins Rathaus eingezogen ist, hat er eine Theorie für die Wirtschaftsentwicklung aufgestellt, die ihm in den Versammlungen einen gelehrten Anstrich verleiht: Venedig ist die Stadt der Ströme. Ströme von Salz und Getreide, Seide und Schmuck haben das Vermögen der Stadt begründet. Die Waren wurden über diese nahezu unumgängliche Schnittstelle zwischen Ost und West, Nord und Süd, Land und Meer befördert und haben dabei jeweils Steuern und Gewinn hinterlassen. Seit dem 18. Jahrhundert blieben besagte Ströme durch das Erstarken der immer mächtigeren Nationen – Englands, Frankreichs, Österreichs einerseits und des Osmanischen Reiches andererseits – aus, was zu Venedigs Niedergang führte. Die Stadt fiel in Schlaf, der Putz bröckelte, und Venedig wurde zum Schlupfwinkel exzentrischer Ästheten und Romantiker, die herkamen, um an diesem eleganten Ort zu sterben.

Doch damit war längst noch nicht das letzte Wort über das ungeheure kulturelle Erbe gesprochen, und Guido hat sehr wohl den neuen Strom erkannt, der Venedig wiederaufleben und florieren lässt: die Menschen oder genauer der *Homo touristicus*. Wie im Mittelalter geht es darum, den Strom und vor allem das bare Geld, das dabei herausspringt, zu maximieren. Man muss Investitionen, Potenzial der Sehenswürdigkeiten und Kaufkraft der Besucher in Einklang bringen, was gar nicht so leicht ist. Der Erfolg hängt, so Guidos These, vom Durchlauf der Personen ab. Je schneller der Rhythmus, desto höher der Ertrag, zumal sich die Reisenden, die es eilig haben, alle um dieselben Orte drängen und damit den Bereich begrenzen, der betrieben werden muss. Das passt zum Trend, denn Schnelligkeit ist inzwischen Standard: »Europa in einer Woche«, »Italien in vier Tagen«, »Venedig an einem Wochenende«, »an einem Tag«, »in zwei Stunden« – so lauten die Angebote, die die Tourismusbranche ausheckt. Guido hat zwei Gruppen im Blick als Garanten für das Glück der Stadt. Auf der einen Seite die sehr Reichen, für die nur wenige zu Hotels umgestaltete Palazzi infrage kommen. Für dieses Kundensegment müssen die berühmten Orte lediglich in den Händen von Experten, häufig Privatleuten, landen, die mit dieser Klientel umzugehen wissen. Auf den Schritten der alten Machthaber wandeln, von deren Geschirr essen, in ihren Betten schlafen – das sorgt für Gänsehaut, ist ein »Event«, wie es heutzutage heißt.

Guido versteht sich wunderbar mit Paolo Ventin, dem Tourismusreferenten. Gemeinsam sind sie gerade dabei, den Verkauf von etwa zwanzig Palazzi abzuschließen, die sich im Besitz der Stadt befinden und deren Unterhaltung eine untragbare Belastung angesichts ihres geringen Nutzens darstellen. Die Polizei in einem Prestigebau unterzubringen ist absurd. Wer Anzeige erstatten will, wird auch an irgendeinen anderen Ort gehen. Die Veräußerung solch großer Gebäude bringt die Millionenbeträge ein, die fehlen, um die Stadt instand zu halten.

Auf der anderen Seite des Spektrums steht nach Guidos Vorstellung die breite Masse der Touristen, die zwar weniger vermögend, dafür aber zahlreicher sind und deren schneller Wechsel die schwache Kaufkraft ausgleicht. Dreißigtausend Personen, die durchschnittlich mehr als dreißig Euro pro Tag ausgeben, bedeuten eine große Summe. Für sie hat Guido einen Plan, den er Paolo heute Vormittag skizzieren will.

Mit seinen zwei Metern Größe und hundertfünfzig Kilo auf Beinen, die an Pfeiler erinnern, hat Paolo die Statur eines großen Quaders. Seine bloße Präsenz macht Eindruck. Seinem Gesicht ist deutlich anzusehen, dass er gern gut isst, und wenn er lächelt, entblößt er spitze Zähne, mit denen er wie ein Raubtier aussieht. Und genau das ist er: ein Raubtier. Für ihn gilt ebenso wie für Guido: Leben heißt zupacken. Die beiden Parteifreunde haben sich bereits im Wahlkampf gefunden. Aber im Gegensatz zu Guido hat Paolo, der selbst aus Venedig stammt, die traditionelle Diplomatie der Serenissima verinnerlicht. Er liebt es über alles, einen »Gegenschlag« auszuhecken.

Auch an diesem Morgen kommt er, wie es seine Art ist, ohne anzuklopfen hereingestürmt.

»Also, lieber Guido, worüber reden wir? Wieder mal über eine deiner genialen Ideen?«, fragt er ohne böse Absichten.

Guido lässt ihn das Sofa in Beschlag nehmen, das daraufhin knarrt, und beeilt sich, ihm trotz der frühen Stunde einen Whiskey einzuschenken.

»Probier mal bitte dieses japanische Gebräu, mein Lieber, ich habe es bei meinem Trip nach Rom bei einem Spezialisten für dich aufgestöbert.«

Sie konzentrieren sich ein paar Minuten lang auf ihre Gläser. Dann deutet Guido ein Lächeln an.

»Ich will dir einen kleinen Plan vorschlagen. Ich denke schon eine Weile über einen Gegenschlag ganz nach deinem Geschmack nach. Unsere Kommunalverordnungen haben schon gute Arbeit geleistet, aber damit ist die Runde zu Ende. Selbst die kleinsten Dachböden sind auf Airbnb zu finden, und die Geschäftsleute haben auf die Veränderung reagiert, das Angebot an Schnellrestaurants ist entsprechend.

Die Zahl der Arbeitsplätze hat sich erhöht. Du kennst meine Theorie der Ströme: Fünfzig- bis achtzigtausend Touristen pro Tag sorgen dafür, dass vierzigtausend Menschen täglich in die Stadt kommen, um zu arbeiten. Wir sorgen für das Glück der Leute in Mestre und Marghera, die schließlich auch unsere Wähler sind. So weit, so gut.«

Guido macht es sich in seinem Sessel bequem und plustert sich auf.

»Aber ganz Europa, ganz China, ganz Amerika warten darauf, dass sie an der Reihe sind. Die Immobilienpreise gehen durch die Decke, und es gibt kaum noch Häuser, die man nutzen könnte. Die Bewohner sträuben sich, auszuziehen, obwohl die Angebote für ihre Wohnungen sich überschlagen. In Venedig gibt es nichts mehr zu holen. Es ist Zeit, Pläne fürs Festland zu entwickeln. In Mestre und Marghera ist die Chemieindustrie in Schwierigkeiten, die Flächen rund um das Hafengelände werden in absehbarer Zeit frei. Da könnte man ein paar Hotelprojekte in der unteren Preisklasse auf den Weg bringen. Wir machen Pauschalen für eine, höchstens zwei Nächte, Stadtrundfahrt inklusive. Das wird ein Riesenerfolg. Dann werden aus dreißigtausend Menschen plötzlich fünfzigtausend, die sich die Klinke in die Hand geben, und aus anderthalb Millionen, die dabei rausspringen, zwei, drei vier, das schwör ich dir, Paolo. Ganz zu schweigen von den Jobs auf den Baustellen, den Putzfrauen, den Busfahrern, den Stadtführern ... Arbeit für Leute, die ihren Lebensunterhalt auf anständige Weise verdienen, das ist es doch, was wir wollen, oder etwa nicht? Dafür haben sie uns schließlich gewählt.«

»Und wo sollen die ganzen anständigen Leute in Venedig spazieren gehen?«, erwidert Paolo höhnisch und schenkt sich noch ein Glas ein. »Du setzt doch genauso wie ich keinen Fuß mehr auf den Markusplatz, weil es dafür viel zu eng ist. Die Leute sind schon jetzt zusammengequetscht wie die Ölsardinen.«

»Es geht um die Ströme! Auch hier wieder! Zuerst mal ist es unmöglich, dass der Dogenpalast mitten im Sommer schon um sieben schließt, wo es doch erst um zehn oder elf dunkel wird. Ich bin mir sicher, Nachtbesichtigungen wären ein Riesenerfolg. Und was machst du, wenn du die Belegung im Parkhaus schneller rotieren lassen willst? Du führst einen Stufentarif ein. Aktuell planen wir die Bezahlung nur für die Touristen, die von den Kreuzfahrtschiffen an Land gehen. Irgendwann muss man ihn auch für das Betreten des Markusplatzes einführen oder sogar für das ganze Viertel. Je länger man bleibt, desto mehr bezahlt man, ganz normal. Man könnte auch überlegen, dass es abends oder frühmorgens günstiger ist, um die Ströme zu entzerren.«

Guido ist aufgestanden und streicht mit der Fingerspitze über seine Wandkarte. Er sieht es vor sich, das Heer der Touristen, das geordnet durch die Stadt flaniert, er sieht sie vor sich, seine Traumstadt, die niemals schläft und Menschen und Millionen ausspuckt.

Als er sich wieder gesetzt hat, spielt er seinen letzten Trumpf aus: »Und irgendwann müssen wir auch noch mal über die Metro sprechen. Du kannst nicht einerseits immer mehr Billigflieger kommen lassen und andererseits nur eine lächerliche Brücke und ein paar Boote haben, um all die Leute zu befördern. Die Ströme, die Ströme!«, wiederholt er euphorisch. »Darum brauche ich dich, mein Freund. Du weißt, dass unser lieber Bürgermeister am meisten die Ideen liebt, die seinem eigenen Hirn entspringen. Das werfe ich ihm gar nicht vor. Aber es spricht ja nichts dagegen, ihm etwas einzuflüstern.

Die Positionen des Tourismus- und des Wirtschaftsrates haben zusammen viel Gewicht, glaub mir. Und ich wette, dass er uns dieses geniale Projekt in ein paar Monaten im Stadtrat ankündigen wird.«

»Jetzt mal halblang, mein Lieber«, beschwichtigt Paolo ihn amüsiert. »Hunderte von Fliegern, zig Hotels auf dem Festland, Tausende Touristen ... je mehr wir davon haben, desto teurer wird es: tonnenweise Müll, Polizisten, die die Besoffenen aufsammeln und die Leute daran hindern, halb nackt herumzulaufen oder in den Kanälen zu baden, außerdem die Beschwerden der Venezianer, die nicht mehr schlafen können ... An sich gefallen mir deine Ideen, aber wir müssen behutsam vorgehen. Die UNESCO hat schon gedroht, noch mal über das Label ›Weltkulturerbe‹ nachzudenken und Venedig als ›gefährdet‹ einzustufen, was extrem schlecht wäre. Die Kommission hat uns ein Jahr gegeben, um einen Rettungsplan auszuarbeiten. In einem halben Jahr haben wir die erste Anhörung, um die großen Linien und die Finanzierung aufzuzeigen. Dafür bin ich verantwortlich, und im Moment habe ich, abgesehen von MO.S.E., nicht groß was vorzuweisen, um die Stadt zu schützen. Die werden Schnappatmung kriegen, wenn sie von deinen Plänen hören.

Du weißt ja, ich bin ein alter Venezianer, ein bisschen oldschool vielleicht, aber ich tue mich schwer mit dem Gedanken an eine Stadt, die man à la carte zerstückelt, wie du es für deine Wohnungen machst. Vorsicht, dass du dabei nicht die eierlegende Wollmilchsau tötest. Venedig muss man sich erst mal verdienen. Der Traum ist schließlich Teil dessen, weshalb die Leute herkommen.«

»Okay, aber wenn der Traum nicht in Erfüllung geht, ist er uninteressant«, erwidert Guido aufgebracht.

»Hör zu, lass uns langsam anfangen. Die ausgemusterten Industrieflächen in Marghera als Bauland auszuweisen, ist nicht besonders kompliziert. Versuchen wir es mit ein paar Hotels und den Angeboten, die du vorgeschlagen hast. Anschließend sehen wir weiter. Wenn wir gute Zahlen vorzuweisen haben, sprechen die für sich selbst.«

Die beiden schmieden weiter Pläne, kritzeln ein paar Zahlen hin und stoßen dabei den einen oder anderen von Guidos Aktenstapeln um. Durch die Fenster dringen das Surren lauter verschiedener Motoren und das Glockengeläut einer Stadt, die nicht ahnt, dass in diesem Augenblick unter den Dächern der Ca' Farsetti ihre Zukunft beginnt.

SEINE KRITIKER NENNEN Livio Scherzi die Karikatur eines linken Akademikers. Seine schmale, hochgewachsene Gestalt wird noch unterstrichen von den schwarzen Anzügen, die er stets trägt, im Winter aus Cord und im Sommer aus Baumwolle, mit einem Rollkragenshirt anstelle eines Hemdes. Er trimmt seinen grau melierten Bart bewusst ein wenig nachlässig. Eine große Hornbrille bringt die grünen, braun gesprenkelten Augen gut zur Geltung, dazu hohe Wangenknochen und ein energisches Kinn. Er ist der Schwarm der Studentinnen. Trotzdem hat er weder sein stattliches Aussehen noch seine Stellung je dazu genutzt, sich auf ein Abenteuer einzulassen. Umso erstaunter ist er selbst über sein Interesse an Léa Malegatti, deren üppige und zugleich androgyne Figur überhaupt nicht in die üblichen Schönheitskategorien passt. Wenn er auf den Punkt bringen sollte, was ihn an ihr anzieht, so würde er sagen, es ist die Energie, die von ihr ausgeht – Pummeligkeit gepaart mit Rigidität – und ihr eine Fülle verleiht, die ihr vermutlich noch nicht einmal selbst bewusst ist. Neben den anderen jungen Frauen, die er verweichlicht, kindlich oder lustlos findet, wirkt Léa wie eine Katze, die jederzeit zum Sprung bereit ist. Sie ist mit Abstand die Jüngste ihres Jahrgangs, zeigt sich aber deutlich reifer als viele ihrer Kommilitonen. Von Anfang an hat sie in den Seminaren ihren Wissensdurst offenbart und ihn derart mit Fragen gelöchert, dass er nur noch auf ihre Reaktionen lauert, während er vom Pult aus seinen Vortrag hält. Er ist daran gewöhnt, dass die Studierenden eher gelangweilt sind, und hat sich zunächst geschmeichelt gefühlt, derartiges Interesse auszulösen. Wochenlang hat er sich selbst immer wieder versichert, er sei auf rein professioneller Ebene fasziniert von einer besonders begabten Studentin. Aber eines Morgens wachte er auf und musste sich eingestehen, in einer Weise von ihr geträumt zu haben, die man kaum akademisch nennen konnte.

Léa ist Scherzi zunächst dankbar dafür gewesen, dass er sie für die »Physik und Chemie der Materialien« begeistert hat, ein Fach, von dem sie befürchtet hatte, es würde sie anöden. Sie hat sich immer eher der Literatur und Kunst verbunden gefühlt. Aber ihr Professor überzeugte sie schnell davon, dass die Schönheit durchaus auch in den technischen Feinheiten und der Ausführung durch die Handwerker liegt.

»Seit die Menschen ihre Werke in Grotten hinterlassen haben, ist ein Maler vor allem Chemiker, jemand, der Pigmente mahlen und mischen kann, der neue Bestandteile findet, um Moiré-Effekte, ein wirklich schwarzes Schwarz und Farbnuancen zu erzeugen«, sagte er. »Wenn Sie diese Grundlage nicht verstehen, verstehen Sie die gesamte Malerei nicht. Ebenso lässt sich Architektur nur ernsthaft betrachten, wenn man dabei einbezieht, wie sie konstruiert ist, welche speziellen Eigenschaften die Baumaterialien haben und wie kunstfertig sie eingesetzt werden. Alles fängt bei der Physik und der Chemie an, ob es Ihnen gefällt oder nicht. Die Grundlage ist immer die Realität, alles andere ist nur Geschwätz!«

Die Sache mit der Dunkelkammer hat Léa tief beeindruckt, dieser Brückenschlag zwischen Vergangenheit und Gegenwart, der dank der Malerei möglich ist und den Anstieg des Wassers beweist.

Sie bombardierte Scherzi mit Fragen zu Konstruktionsprinzipien. Wie war es möglich, ganze Paläste auf Holzpfählen zu errichten? War den Erbauern damals die große Herausforderung bewusst? Hätten sie das Versinken der Stadt vorhersehen können?

Dass Venedig versinkt, weiß alle Welt, aber diese Vorstellung lässt ihr jetzt keine Ruhe mehr. Sie hat Zahlen dazu gefunden, wie oft das Acqua alta auftritt, seit ihrer Geburt haben sich die Hochwasserereignisse beinahe verdoppelt. Diese Tatsache nimmt für sie Gestalt an. In allen Stadtvierteln sucht sie nach einem blasigen Rand unten an den Mauern. Der Geruch nach Salpeter und Schimmel widert sie an. Nachts meint sie, die tausendjährigen Pfeiler ächzen zu hören, und in ihren Albträumen versinkt die Stadt geräuschlos, ebenso unabwendbar wie die *Titanic*, und hinterlässt nichts als braune Spuren im milchigen Wasser der Lagune.

Scherzi hat Spaß an ihren Bemerkungen und gibt ihr wissenschaftliche Studien zum Klimawandel, zur postglazialen Landhebung, zum Abpumpen des Süßwassers in den Sechzigerjahren oder zum Einfluss von Kreuzfahrtschiffen zu lesen.

»Signorina Malegatti, Sie werden Ihren Sprachenschwerpunkt vom Gymnasium noch bereuen«, spöttelt er freundlich. »Die Meisterwerke unserer Kunst basieren auf ganz einfachen Gleichungen!«

Léa macht schnell den Blog ausfindig, den ihr Professor schreibt. Sie lernt ihn dort von einer aggressiven Seite kennen und entdeckt, dass er der Bewegung »No grandi navi« nahesteht, die für ein Verbot der riesigen Kreuzfahrtschiffe kämpft, aber auch gegen die Umwandlung der Palazzi in Hotels und den Massentourismus. Sie stellt sich ein Zusammentreffen zwischen ihrem Vater und Scherzi vor und amüsiert sich darüber. Vor ein paar Jahren hat ihr Professor sogar für eine ökologische Partei kandidiert, ohne großen Erfolg.

Als sie ihn dazu befragt, beobachtet sie, wie er lebhaft wird, wie seine schmalen Hände durch die Luft wirbeln, wie seine Stimme rauer wird. Es gefällt ihr, dass sie Einfluss auf ihn hat, den sie ebenso auf ihre Gespräche wie auf ihren eigenen Charme zurückführt. Denn ja, sie findet ihn attraktiv, kultiviert, intelligent ... mit einem Wort: venezianisch, und ein bisschen erregt es sie, seine Blicke auf sich zu ziehen.

Eines Abends reden sie nach dem Seminar noch so lange weiter, bis die Putzfrau hereinkommt. Wie selbstverständlich setzen sie ihr Gespräch bei einem Kaffee fort, was schnell zur Gewohnheit wird. Ganz von selbst kommen sie sich näher. Und finden schließlich durch einen willkommenen Zufall zueinander. Sie getrieben vom Überschwang ihrer jugendlichen Verführungskraft, er schon jetzt hin- und hergerissen vor schlechtem Gewissen angesichts des großen Altersunterschieds.

Es ist später Nachmittag und noch warm. Am eiskalten Bierglas bildet sich Kondenswasser, die Straße schwirrt von klackernden Absätzen und Gesprächsfetzen in allen möglichen Sprachen. Aus der nahe gelegenen Bäckerei strömt der Duft von Zaletti, den venezianischen Maiskeksen. Ein beschwingter Tag, an dem alles leicht, alles erlaubt ist. Und da legt sie ihre Hand auf seine, schaut ihm tief in die Augen und fordert ihn heraus. Er könnte ablehnen, sich ihr entziehen und so tun, als würde er lässig einen Annäherungsversuch ausschlagen. Er kann es nicht, die warme, entschiedene Hand lässt ihn zusammenzucken und zieht ihn mit. Er, der sich immer davor in Acht genommen hat, sich zu verlieben, ist überwältigt wie ein Jugendlicher. Léa kommt ihm unverhältnismäßig schön vor. Die schwarze Jeans betont ihre Figur, ein einfaches petrolblaues T-Shirt lässt ihr schwarzes Haar glänzen, eine dünne Silberkette, saphirfarbene Ohrringe – die gekonnte Schlichtheit bringt ihre Person ungemein zur Geltung. Livio sieht nur noch die Rundung ihrer Brüste, ihre Hände, die in seiner Vorstellung schon über seinen Körper wandern, ihre Ohrläppchen, an denen er gern sanft knabbern würde, und die glänzenden Punkte in ihren Augen, die in erotischer Verheißung hin und her tanzen. Sie gewinnt.

Sie sind vorsichtig, sie ist erst siebzehn, und ihre Verbindung könnte für Scherzi einen Verweis von der Universität bedeuten oder sogar Schlimmeres. Aber Léa hat ihre Mutter daran gewöhnt, dass sie später nach Hause kommt, nichts steht ihren Treffen zwischen fünf und sieben Uhr im Weg.

Livio wohnt in einer großen Wohnung im Arbeiterviertel Cannaregio, in der Nähe des Ghettos, einer der Gegenden von Venedig, wo die Wäsche aus den Fenstern hängt und wo es noch möglich ist, in Ruhe seine Einkäufe zu erledigen. Im Hof mit den verblassten Gipsfiguren wetteifern drei alte Damen um die Pracht der Grünpflanzen, zwischen denen gemächlich Kater umherwandern. Ein mit Erde aufgefüllter Brunnen dient als Blumentopf, aus dem Fleißige Lieschen in Rosa und Granatrot herabhängen, ein schwächlicher kleiner Baum reckt die Zweige zum Licht. Für Léa bedeutet diese aus der Zeit gefallene Atmosphäre das echte Venedig, und sie ist Livio für seinen guten Geschmack dankbar.

Im zweiten Stock hat ihr Professor sich eine schicke, schmucklose Wohnung eingerichtet. Die vollkommen weißen Wände bringen den dunklen Parkettfußboden im Fischgrätmuster und die gewachsten Möbel zur Geltung, die sich allesamt auch gut in einem Museum machen würden: das Buffet, die beiden schweren Schränke, das mit Intarsien in Rosenform verzierte Himmelbett und der riesige Schreibtisch. Die einzigen Farbtupfer finden sich auf den Buchrücken in der Bibliothek und auf der bunten Steppdecke. Léa liebt diese Schlichtheit, in der lediglich zwei Computer an die Gegenwart erinnern.

Livio würde sie am liebsten langsam ausziehen, völlig ergeben und gierig zugleich, fast so, als sei es ein Sakrileg. Sie lacht, zieht sich das T-Shirt über den Kopf, wirft es weg und reißt sich den BH beinahe vom Leib. Mit nacktem Oberkörper steht sie triumphierend vor ihm. Livio erinnert sich an keine Frau, die eine derart schamlose Naivität versprüht hat, jugendliche Selbstsicherheit gepaart mit Provokation, Ungeduld und dem leichten Zittern der Lippen, das auf die unruhige Erwartung hindeutet, beurteilt zu werden. Sein ganzes Leben lang wird er sich an das zärtliche Gefühl erinnern, das ihm an jenem Tag die Tränen in die Augen steigen lässt. Bei keiner seiner beiden vorherigen Partnerinnen oder der wenigen Affären war er, so scheint es ihm, dem Ideal von Weiblichkeit so nah.

Für Léa ist Sex nicht neu. An ein paar feuchtfröhlichen Abenden hat sie ihn eher als körperliches Hochgefühl denn als Liebesakt erlebt. Diesmal haben die Wochen des Wartens darauf, diesem Mann näherzukommen, und der geistige Austausch eine Empfindung wachsen lassen, der sie sich wie beim ersten Mal taumelnd hingibt. Und mit siebzehn Jahren auf einmal die Geliebte eines fast fünfzigjährigen Mannes zu werden, gibt ihr das Gefühl, jetzt eine Frau zu sein.

Alles in ihrer Beziehung ist Teil einer Romantik, deren Geheimnis allem Anschein nach in Venedig begründet liegt. Wenn sie nach dem Sex die Augen öffnet, stellt sie sich vor, wie ihr Geliebter sich Hemd und Wams anzieht und sich den Degen umschnallt. Auf dem Nachhauseweg am Abend in den schattigen Gässchen lässt sie sich von den altmodischen Bildern junger venezianischer Schönheiten mitreißen, auf deren außergewöhnlicher rechtlicher und moralischer Freiheit der Ruf der Stadt des Vergnügens beruhte.

Diese romantische Vorstellung ihres Lebens und der Stadt prallt mit dem zusammen, was Léa beim Nachhausekommen hört. Sie regt sich immer mehr über Guidos Gerede darüber auf, wie Venedig sich entwickeln, was alles anders werden muss. Bislang hat sie sich an Wahlabenden und anderen festlichen Anlässen, zu denen sie mitgeschleppt wurde, höflich gelangweilt und gar nicht versucht, irgendetwas zu verstehen. Jetzt hat sie den Eindruck, dass ihr Vater und seine Freunde dabei sind, ihren Traum zu zerstören, ihre ritterlichen Vorstellungen als falschen Schein abzutun. Feindseligkeit ergreift Besitz von ihr.

Wäre alles gelaufen, wie es eigentlich zu erwarten war, und die aristokratische Saat ihrer Mutter aufgegangen, dann hätte sie als Gralshüterin geendet, als pingelige Konservatorin in einem Museum, und hätte das Schicksal der Stadt als Zuschauerin verfolgt. Dass sie mit Livio zusammen ist, sorgt für eine andere Wendung.

Jenseits von ihrem Liebesabenteuer entdeckt Léa, dass die Zukunft Venedigs die Gedanken ihres Geliebten mindestens ebenso bestimmt wie die amourösen Höhenflüge. Sie erfüllt ihn sogar mit einer kalten Wut. Livio gehört zu einer Gruppe an der Uni, die sich mit den Gefahren und Lösungen für die Stadt beschäftigt. Er verbringt seine Abende mit Ökologen, Klimaforschern, Hydrotechnikern, Architekten, aber auch mit Wirtschaftswissenschaftlern und Soziologen, mit denen er an einem Gutachten schreibt, das die Grundlage für eine Erneuerungsbewegung in Venedig sein soll.

»Schluss mit Veniceland! Schluss mit sechshundert Touristen auf einen Einwohner! Schluss mit einer Jugend, die nur Kellner oder Gondoliere werden kann! Schluss mit Mieterrauswurf für Airbnb!«

Seitdem er vor Léa die Maske des Universitätsprofessors hat fallen lassen, lässt er seinen doktrinären Wutausbrüchen freien Lauf vor ihr. An manchen Tagen, wenn sie bei ihm ankommt, ist er so vertieft in sein Gutachten, dass er kaum den Kopf hebt, wenn sie sein Haar mit einem Kuss streift. Also macht sie es sich in dem alten Lehnsessel bequem und arbeitet ebenfalls auf ihrem Tablet. In der abgeschiedenen Wohnung herrscht Stille, die nur selten von dem Geräusch einer Tür, einem Räuspern oder einer Stimme unterbrochen wird. Auch hier fühlt Léa sich in das Venedig von früher zurückversetzt, das ihr seine Geheimnisse zuflüstert. Dann folgt ein Ritual: Livio stößt einen tiefen Seufzer aus, macht den Computer aus und wirft ihr einen Blick zu, der sie dahinschmelzen lässt.

»Venedig retten«, der Titel des Textes, an dem er arbeitet, steht fett auf dem Ausdruck, der mit einer Reißzwecke über seinem Schreibtisch angepinnt ist. Er ist mit einem Foto illustriert, das Léa beunruhigend findet. Es ist nicht der übliche Blick auf den Markusdom oder den Dogenpalast, hier wurde eine großräumige Luftaufnahme gewählt. Ohne all das Beiwerk ist Venedig nackt. Die kaum sichtbare Brücke zum Festland hin hebt umso mehr hervor, dass die Stadt eine Insel ist, deren dicht gedrängte rosa Dächer fast fehl am Platz wirken mitten im grünlichen Wasser, das die Stadt zugleich bedrängt und beschützt. Der Schutzwall zum Meer hin, den der Lido bildet, ist von großen Öffnungen durchbrochen, wo das Wasser dunkler wird bis hin zum Tiefblau der Adria. Diese Durchfahrten erzählen viel über die Stadt. Sie haben sie jahrhundertelang mit fruchtbarem Wasser versorgt, Schiffe und Reichtümer hereingelassen, aber sie sind nach wie vor auch ein Tor, das Venedig der Bedrohung des offenen Meeres aussetzt. Man dachte, die Gefahren lauerten nur in Form von Menschen, Kriegsschiffen oder Piraten; heute ist es das Wasser selbst, sein Niveau, das bedrohlich ist. Der Gedanke, ein Sperrwerk zu errichten, ist naheliegend. Aber verkümmert die Stadt nicht, wenn man die Öffnungen verstopft, wie ein Körper, der keine Nahrung mehr bekommt? Guidos Theorie der Ströme dreht sich ausschließlich um Waren und Personen. Die Luftaufnahme rückt zurecht, worum es eigentlich geht: Es sind vor allem die Wasserströme, auf die sich die Stadt gründet. Die Mischung aus Salzwasser, das aus dem Meer kommt, und Süßwasser, das vom Land herunterfließt, belebt die Lagune seit jeher und macht sie fruchtbar, und die Menschen haben Gewinn daraus gezogen. Die Flüsse führen Sedimente mit sich, und die Adria nimmt sie auf. In der Geschichte war Venedig darauf bedacht, von Wasser umgeben zu bleiben, um gegen Angriffe vom Festland aus geschützt zu sein, aber nicht zu sehr, um zu verhindern, dass die feindlichen Flotten vom offenen Meer her anlanden konnten. Seit 1501 herrscht ein Expertenrat, der »Wassermagistrat«, über das heikle Gleichgewicht von Land und Meer. Als Institution, der mehr Macht nachgesagt wurde als dem Dogen selbst, beaufsichtigte er die Umleitung ganzer Flüsse, den Bau kilometerlanger Dämme auf dem Lido und die Vertiefung von Kanälen. Kein Pfeiler konnte ohne seine Zustimmung eingerammt, kein Graben ausgebaggert werden, und seine Macht ging so weit, dass er sogar die Todesstrafe verhängen konnte. Zu Beginn des 20. Jahrhunderts war etwas in dem Gleichgewicht zwischen Land und Meer zerbrochen, als Industrie und Profit lockten und die Regulierung der Wasserordnung in den Hintergrund drängten, als die Menschen vergaßen, dass die Lagune ein empfindliches Lebewesen ist.

Das Gutachten unter Livios Führung stellt diesen Punkt ins Zentrum und unterstreicht dabei, dass Venedig ohne eine lebendige Lagune gar nicht existieren kann. Diese Augenfälligkeit überrascht Léa, und sie ärgert sich ein wenig: Letztlich kannte sie ihre Stadt wohl doch nicht so gut, wie sie dachte.

Der über zweihundert Seiten lange Text stützt sich auf zahlreiche wissenschaftliche Arbeiten.

»Fakten, Zahlen, Maße«, fordert Livio stets, »ansonsten sind wir nicht glaubwürdig.«

Darum gibt es viele Karten und Grafiken, die verdeutlichen, dass die Serenissima untergeht.

»Die tektonische Platte versinkt nun mal, das ist ein natürlicher Prozess, aber das macht kaum mehr als einen Millimeter pro Jahr aus«, erklärt er. »Das Gewicht der Gebäude hat auch nur einen geringen Einfluss auf den lockeren Untergrund.«

»Damit kommt man längst nicht auf die sechzig bis siebzig Zentimeter in drei Jahrhunderten, die wir anhand des Bildes von Bellotto gemessen haben«, fügt Léa, stolz auf ihr Wissen, hinzu. »Und laut Signor Boldi hat das Phänomen sich beschleunigt, und die Stadt hat allein im letzten Jahrhundert sechsundzwanzig Zentimeter verloren.«

Livio hat die Hände hinter dem Rücken verschränkt und dreht seine Runden durchs Zimmer. Seine lange Gestalt und die konzentrierte Haltung mit leicht geneigtem Kopf lassen ihn wie einen Staatsanwalt wirken, der einen Zeugen ins Verhör nimmt. Das Gehen hilft ihm beim Nachdenken, und er nutzt die Situation mit Léa, um zu testen, wie seine Worte wirken.

»Wir haben aus Hochmut gesündigt und dachten, wir könnten alles beherrschen. Vor mehreren Hundert Jahren, mit wenig Wissen, war das noch zu entschuldigen, aber heute ist es sehr dumm.«

Er beschleunigt seinen Schritt wie ein Läufer, der sich aufwärmt.

»Das Abpumpen des Grundwassers in den Fünfzigerjahren zur Gasförderung und zur Wasserversorgung der Industrie war eine Katastrophe. Der Untergrund ist ausgetrocknet und hat sich auf mehr als zehn Zentimetern verdichtet. Aber der fatale Fehler, den wir nach wie vor begehen, ist, Venedig getrennt von seiner Lagune zu betrachten. Um genau das zu veranschaulichen, haben wir dieses Foto auf das Titelblatt gesetzt.«

Livio bleibt stehen, breitet die Arme aus und wartet auf eine Eingebung. Im hellen winterlichen Gegenlicht sieht er aus wie der sich opfernde Christus.

»Man hat alles falsch herum angelegt. Hafen- und Flughafenanlagen wurden aufgeschüttet und andere Gebiete trockengelegt, um den Boden zu bewirtschaften. Mit dem Ergebnis, dass die Flut sich nur noch auf eine kleine Fläche erstreckt und die Amplitude sich auf ungefähr fünfzehn Zentimeter erhöht. Bei Acqua alta verstärkt das die Katastrophe. Das Ausbaggern der Kanäle bis zu einer Tiefe von zwölf Metern, damit Frachtschiffe und Öltanker bis nach Marghera gelangen können, war vollkommen absurd. Nun strömt die Flut deutlich schneller ein und aus. Inzwischen werden mit den Gezeiten jedes Jahr nahezu siebenhunderttausend Tonnen Sedimente ins Meer hinausgetragen, und lediglich dreißigtausend Tonnen kommen mit der Strömung wieder herein. Es gibt kein Gleichgewicht mehr. Die Lagune wird immer tiefer, darum sind die Wellen viel stärker und höhlen den Untergrund weiter aus. Es ist ein Teufelskreis.«

Livio bleibt erneut stehen, und seine Arme wirken jetzt wie zum Bittgebet ausgebreitet.

»Hinzu kommen die Auswirkungen des Klimawandels, die die Experten fortwährend als immer größer einstufen. Vor zehn Jahren haben sie noch von einem Anstieg von fünfzig Zentimetern bis 2100 gesprochen, jetzt sind wir fast beim Doppelten. Zu berücksichtigen sind auch die großen Schiffe, die ständig vorbeifahren und einen Saugeffekt haben, der den Meeresboden freilegt. In fünfzig Jahren wird die Lagune eine Bucht und Venedig darin versunken sein!«

Livio trägt den letzten Satz vor wie den Schluss eines dramatischen Theaterstücks. Man kann sich im Hintergrund das Finale von Mozarts *Don Giovanni* vorstellen, als der Komtur das Schicksal von Don Giovanni besiegelt, der nun der Hölle geweiht ist.

Er lässt sich auf einen Stuhl fallen. Léa legt die Arme um seine Schultern, gibt ihm einen Kuss auf den Scheitel und drückt ihn wie eine Mutter, die den Kummer ihres Kindes lindern will. Einen Moment lang sind die Rollen vertauscht. Obwohl dreißig Jahre jünger, ist sie die Erwachsene, die Trösterin. Für einen Moment ist sie wie berauscht davon und versucht ihn zu beruhigen.

»Warte mal, es ist noch nicht alles entschieden. Man kann bestimmt noch was tun. Wenn das Gutachten erst mal veröffentlicht ist, wird das alle antreiben, die Leute, die Stadtverwaltung und die Regierung. Wir müssen das Thema in der Presse und über Social Media verbreiten.«

Sie sagt alles, was ihr durch den Kopf geht. Im Augenblick zählt nur, dass ihr Geliebter wieder lächelt. Aber die Bedrohung, die er beschrieben hat, erfasst auch sie und löst echtes Unbehagen in ihr aus. Mit einem Mal steht ihr das menschenleere Venedig vor Augen, wo das Wasser bis zu den oberen Stockwerken reicht und die Meisterwerke der Kunst hoffnungslos verloren sind. »Das Schlimmste ist niemals sicher«, sagt ihr Vater gern in seinem fanatischen Optimismus. Aber »das Schlimmste ist durchaus möglich«, denkt sie jetzt.

»So einfach ist es nicht, Liebste. Über Venedigs Untergang wird schon seit Ewigkeiten geredet. Aber er vollzieht sich schleichend, das Wasser steigt Millimeter um Millimeter, man gewöhnt sich dran, man bastelt herum, hier ein Brett, da eine Pumpe. Doch dieses notdürftige Abdichten überall verhindert, dass man die Realität anpackt. Das ist eine Verweigerungshaltung. Viele Leute denken, die überflutete Stadt, das kommt später mal ... eines Tages ... vielleicht ... In der Zwischenzeit betreibt jeder sein kleines Geschäft mit Airbnb, das viermal mehr einbringt, als an Einwohner zu vermieten. Die Touristen bringen jährlich anderthalb Milliarden ein, und jeder Tag, der vergeht, entsprechend viel. Und was die Behörden betrifft, für die ist MO.S.E. mit seiner Technologie das Nonplusultra, und sie glauben nach wie vor daran, dass wir die Natur auf ewig unseren Wünschen beugen können. Um Venedig zu retten, muss das Wirtschaftsmodell vom Vergnügungspark Venedig komplett neu gedacht werden, die Kreuzfahrtschiffe müssen umgeleitet werden, die Lagune muss wieder erweitert werden, der Massentourismus muss eingedämmt werden ...«

Livio sinkt an seinem Schreibtisch zusammen und wiegt den ausgedruckten Papierstapel müde in den Händen.

»Das Gutachten ist unsere letzte Chance. Da steht alles schwarz auf weiß mit Karten und Szenarien, wer das liest, kann nicht mehr sagen, er wisse von nichts.«

»Hör zu, du weißt, dass mein Vater im Stadtrat für Stadtentwicklung zuständig ist. Wenn du willst, organisiere ich dir einen Termin bei ihm, und hinterher kannst du den Bürgermeister treffen …«, schlägt Léa vor.

»Zongi, diesen Idioten! Du träumst wohl!«

»Aber du kannst es doch zumindest versuchen. Für wen soll deine tolle Studie denn sonst sein?«

Livio springt auf und verzieht das Gesicht.

»Presse und Social Media, okay, anschließend sehen wir weiter«, sagt er entschieden. »Aber ich habe keinerlei Lust, diese Leute zu treffen. Ich glaube, denen ist das alles völlig egal.«

Sie stehen sich feindlich gegenüber, zum ersten Mal. Nach Wochen der Harmonie legt sich ein Schatten über ihre Beziehung, und der Grund dafür ist Venedig. Léa ist maßlos enttäuscht über diesen ersten Bruch. Ist ihre Liebe etwa gerade dabei, in die Mittelmäßigkeit eines Paares abzudriften, das sich streitet, auseinander- und wieder zusammendriftet und schließlich im Trott versinkt? Für einen Moment denkt sie an all die kleinen Tricks ihrer Eltern, Maria Albas Ausweichmanöver, Guidos aufgesetzte Gutmütigkeit. Sie beendet das Streitgespräch, indem sie nach ihrem Handy greift und so tut, als vertiefe sie sich in ihre Nachrichten.

Livio bemerkt ihre Verstörung, nimmt sie in den Arm und küsst ihren Hals am Haaransatz, wie nach dem Sex.

Zum ersten Mal kann er sie dazu bewegen, die Nacht zusammen zu verbringen. Léa erfindet am Telefon eine Freundin, bei der sie lernt und danach übernachtet. Um die Versöhnung zu besiegeln, fährt Livio mit ihr auf die Lagune hinaus. Er hat ein Motorboot geerbt, das mit den abgerundeten Seiten und dem winzigen Cockpit einem Spielzeug gleicht. Darauf schmiegen sie sich in der Abendkälte aneinander und nehmen Kurs nach Norden in Richtung der ruhigen Inseln Mazzorbo und Burano. Um diese Zeit sind die Touristen schon in der Stadt und sitzen vor ihren Spritz-Gläsern, lediglich ein paar Vaporetti bringen noch die Nachzügler zurück. Livio weicht von den markierten Strecken ab und lässt sein flaches Schiff dahingleiten, dann schaltet er den Motor aus. Das Boot treibt ein wenig ab. Die Wintersonne ist untergegangen und hat einen Himmel hinterlassen, der von Rosa in Blasslila und Grau übergeht. Die Schlickflächen zeichnen sich nur ganz leicht in mattem Rot auf dem Wasser ab, das wie Moiré-Stoff schimmert. Die Flut bildet Schaum an ihren Rändern, und wenn Léa und Livio genau hinhören, nehmen sie das Geräusch von Millionen Luftblasen wahr, die aus dem Boden aufsteigen, wenn das Wasser ihn wieder bedeckt. Enten fliegen in V-Formation zu einem nächtlichen Rastplatz. Die Fische, die der Flut folgen, springen ringsherum und lassen sich mit einem platschenden Geräusch zurück ins Wasser fallen. Zwei Vögel antworten sich gegenseitig mit melancholischem Miauen, wie Katzen. Die Luft riecht nach Schlamm. Léa und Livio haben den Schutz der Kajüte verlassen, und eng umschlungen lassen sie schweigend den Frieden auf sich wirken. Ihr Streit erscheint wie eine Laune, eine unnötige Aufregung. Venedig hat sie kurz getrennt, die Lagune bringt sie wieder zusammen. Livio hat Léa mit unter seine Jacke genommen, um sie zu wärmen. Sie spürt seinen ruhigen Atem an ihrem Rücken. So verweilen sie lange aneinandergelehnt, während die Nacht sich über ihnen ausbreitet. Venedig, Mestre und Marghera färben den Himmel mit ihren Lichtern, und hin und wieder scheinen ein paar Leuchtbojen und Autoscheinwerfer auf. Direkt über ihren Köpfen schlängelt sich die Milchstraße entlang.

Schließlich treibt die Kälte sie zurück in die Kajüte, und sie lieben sich kichernd, weil der enge Raum kaum Bewegung zulässt.

LÉA HAT GLEICH ZWEIMAL gewonnen. Auf ihr inständiges Bitten hin hat Livio sich darauf eingelassen, Guido zu treffen, und dieser ist mit einer Präsentation des Gutachtens einverstanden. Beide haben zugestimmt, ohne sich Illusionen zu machen, um Léa einen Gefallen zu tun, die sich daraufhin einbildet, eine geniale Streitschlichterin zu sein. Bei ihrem Geliebten hatte sie Erfolg, weil sie insistiert hat. Bei ihrem Vater hat sie auf das Schuldgefühl gesetzt, das sie häufig an ihm wahrnimmt. Es stimmt, er weiß es ja, er hat sich bislang wenig um seine Tochter gekümmert. Das hat nichts mit Abneigung zu tun, aber ein Kind umsorgen, füttern, waschen, erziehen und in allen Gemütslagen begleiten, das war Maria Albas Sache. Die Zeit ist schnell vergangen, und aus dem niedlichen Kleinkind ist eine Jugendliche geworden, deren rebellische Anwandlungen ihn zugleich anrühren und aufregen.

»Sie hat Charakter. Das wird ihr im Leben helfen«, sagt er sich immer wieder, wenn sie ihn zur Verzweiflung bringt.

Die Geschichte mit ihrem Super-Prof und seinem Uni-Klüngel, der die Stadt retten will, geht ihm gewaltig auf den Geist. Er hat sich fest vorgenommen, den Termin schnell durchzuziehen. Aber Léa wird hinterher nicht sagen können, er höre ihr nicht zu, und ihre glänzenden Augen, als er Ja gesagt hat, haben ihn gerührt.

»Danke, liebster Papa«, hat sie geflüstert und ihm einen schmatzenden Kuss gegeben.

Wie lange schon hatte sie ihn nicht mehr »liebster Papa« genannt?

Es regnet seit drei Tagen, hartnäckig und unablässig. Schwere Tropfen, die kleine konzentrische Kreise auf die Kanäle malen, bringen das Kopfsteinpflaster zum Leuchten und die Einwohner zum Maulen, wenn in den schmalen Gassen zwei Regenschirme nicht aneinander vorbeipassen. Die Cafébesitzer schimpfen angesichts der leeren Terrassen, die Gondolieri schimpfen, während sie auf potenzielle Kundschaft warten, die Touristen schimpfen, weil sie anstelle eines Sandwiches auf irgendwelchen Stufen das Essen im Restaurant bezahlen müssen. Diejenigen mit weniger Geld schlendern weiter umher, in Regencapes gezwängt und mit bunten Gummistiefeln an den Füßen, mit denen sie auf die Parkettböden der Museen tropfen, die sie an Tagen mit besserem Wetter gemieden hätten. Guido hasst diese Atmosphäre. Er hat den Eindruck, die Stadt wäre beleidigt.

Sein Büro im obersten Stockwerk treibt mitten in einer Wolke, die ein graues, trauriges Licht verbreitet. Somit ist er nicht gerade bester Laune, als seine Assistentin ihm Professor Scherzi ankündigt. Mit einem prüfenden Blick vergewissert er sich, dass sich hier und da ein paar absturzgefährdete Aktenstapel auf dem Schreibtisch türmen, aus denen lauter Post-its wie bunte Augen hervorschauen. Er hat viel Arbeit, das sieht man, und darauf setzt er, um die Unterredung abzukürzen. Die hochgewachsene Gestalt, die das Büro betritt, ist der Inbegriff eines Dozenten und erwidert sein Lächeln nicht.

Livio weiß, dass er wenig Zeit hat. Nach der üblichen Begrüßung legt er direkt los: »Herr Gemeinderat, Venedig ist dabei, vor unseren Augen zu verschwinden. Wir selbst sind zum Großteil dafür verantwortlich, und wir tun ganz sicher nicht alles, was nötig ist, um diese Sache zu verhindern.«

Die Einleitung klingt verheerend in Guidos Ohren. Womöglich wird dieser Pedant ihn gleich persönlich angreifen. Aber obwohl sein Knie anfängt, nervös unter dem Tisch zu zittern, beherrscht er sich, er denkt an das Versprechen, das er seiner Tochter gegeben hat, und zwingt sich zu einem gutmütigen Lächeln.

»Na ja, Herr Professor, die Menschen sind ja nicht an allem schuld, ich habe da was von natürlichem Absinken gehört …«

»Nicht mal ein Millimeter pro Jahr«, unterbricht Livio ihn schroff. »Das Schlimmste ist durchaus menschlichem Handeln geschuldet.«

»Wenn Sie das Abpumpen der Grundwasserspeicher meinen, damit ist ja bereits, wie Sie wissen, seit den Siebzigerjahren Schluss«, räumt Guido ein.

Der Professor kann sich ein Schulterzucken nicht verkneifen.

»Schön und gut, aber ich spreche von der Ausbaggerung der Kanäle bei Marghera, von der Trockenlegung der Sumpfgebiete …«

Während er spricht, holt Livio das angekündigte Gutachten aus seiner Umhängetasche. Er kennt es auswendig und schlägt, ohne zu zögern, eine Doppelseite auf, die die Stadt im Querschnitt zeigt, und zwar alle fünfzig Jahre seit dem 18. Jahrhundert und mit einer Hochrechnung bis ins Jahr 2100. Die blaue Linie, die jeweils den mittleren Wasserstand darstellt, sagt alles.

»Wir haben in den letzten hundert Jahren mehr als fünfundzwanzig Zentimeter verloren und werden bis zum Ende des Jahrhunderts vielleicht einen weiteren Meter verlieren.

Der Umgang mit der Lagune verschlimmert dieses Szenario noch. Zwischen 1900 und 1910 gab es zehn Mal ein Acqua alta, zwischen 2001 und 2010 haben wir fünfundsechzig Mal eins erlebt. Die Häufigkeit wird sich bis 2100 noch vervielfachen.«

Er gibt sich Mühe, einen ruhigen Ton zu wahren, aber seine Stimme wird schrill und verrät seine Verzweiflung. Das entgeht Guido nicht, dessen Verhandlungsgeschick zum Großteil auf der Fähigkeit beruht, jedes Anzeichen von Schwäche bei seinen Gesprächspartnern auszumachen.

»Schauen Sie, Professor, das kenne ich doch alles. Aktuell geht es nur um ein paar Millimeter, Venedig hat schon anderes erlebt im Laufe von zehn Jahrhunderten. Wie oft hat man nicht schon den Untergang der Stadt prophezeit, und es gibt sie noch immer.«

Das Wetter draußen passt perfekt zu dem Gewitter, das sich im Zimmer zusammenbraut. Der Regen trommelt gegen die Fenster, durch die man die andere Seite des Kanals nicht mehr erkennen kann.

Livio greift wütend Guidos Worte auf: »Die paar Millimeter, die Sie für so unbedeutend halten, machen die Stadt furchtbar anfällig. Das Meerwasser sickert oberhalb des istrischen Kalksteins ein, zersetzt die Mauern und steigt durch Kapillarwirkung nach oben. Ganze Wände können auf diese Weise einstürzen. Die Stadt ist auf unsicherem Grund gebaut. Die Destabilisierung einzelner Gebäude könnte sich wie eine Schockwelle von einem Haus zum nächsten ausbreiten.«

»Schluss mit der Panikmache«, hält Guido dagegen. »Sie können mir glauben, dass ich mich genauso wie Sie um diesen Schatz der Menschheit sorge und mit mir die gesamte Stadtverwaltung. Sie wissen sicherlich, dass wir Hunderte Millionen Euro jährlich investieren, um die Stadt zu sanieren, um einzelne Uferstraßen zu befestigen und die Dämme am Lido zu verstärken. Wenn MO.S.E. fertig ist, sind wir endgültig vor dem Acqua alta geschützt. Die Stadtverwaltung kämpft hart, damit die finanziellen Versprechen eingelöst werden, und das wird passieren. Ihr Gutachten ist mit Sicherheit sehr interessant, aber, mit Verlaub, wir sind längst dabei, etwas zu tun.«

»Ich betreibe keine Panikmache, Herr Stadtrat«, sagt Livio grimmig. »Aber die Zahlen, die Fakten, die Wissenschaft und die Realität werden, ob Sie es wollen oder nicht, immer recht behalten über unsere Meinungen. Seit hundert Jahren haben die Eingriffe des Menschen katastrophale Folgen. Sie erzählen mir etwas von ein paar restaurierten Brücken oder ausgetauschten Pfählen, aber ich sehe keinerlei Politik von echter Reichweite. Was tun Sie gegen die großen Kreuzfahrtschiffe, deren Durchfahrt die Steine angreift? Ihr Plan, einen neuen Kanal auszuheben, damit sie von Westen aus in die Stadt hineinfahren können, ist ein weiterer Faktor, der die Lagune destabilisiert, und schließlich MO.S.E. ...«, hier grinst Livio hämisch, »ich fürchte, diese Maßnahme ist schlimmer als das Übel selbst. Das Sperrwerk wird das Problem der Strömungen und fehlenden Sedimente noch vergrößern. Unsere Studien zeigen, schon bevor es überhaupt in Betrieb ist, dass die Tore zu verschlammen drohen und die Scharniere nicht richtig funktionieren. Die Teile sind offenbar schon jetzt abgenutzt, und ich erinnere nur an die eine Milliarde Euro, die sich durch Korruption in Luft aufgelöst und den letzten Bürgermeister das Amt gekostet hat.«

Wenn jemand MO.S.E. angreift, packt Guido die Wut. Damit macht man nicht nur das Sperrwerk an sich zunichte, sondern auch seinen Kindheitstraum. Er holt weit mit dem Arm aus, als verjage er einen lästigen Gedanken.

Livio begreift, dass er das Spiel verloren hat, er wird den Wirtschaftsrat niemals überzeugen. Zumindest kommt ihm die Ehre des Mahners zu, denkt er, während er noch einmal zum Angriff übergeht.

»Wenn der Meeresspiegel in der Adria mehr als fünfzig Zentimeter ansteigt, wird das Sperrwerk dreihundertfünfzig Mal im Jahr geschlossen bleiben müssen«, schnaubt er. »Und was ist, wenn wir mehr als einen Meter erreichen? Das bedeutet den Tod für die Lagune, die dann nicht mehr mit Sauerstoff versorgt wird. Muss ich Sie daran erinnern, dass sie ebenso wie die Stadt zum Welterbe zählt? Das echte Problem besteht darin, dass wir, nachdem wir, ohne nachzudenken, auf die Industrieentwicklung gesetzt haben, jetzt, ohne nachzudenken, auf den Tourismus setzen. Wir investieren kurzfristig, damit kurzfristig so viele Menschen wie möglich herkommen, obwohl die Stadt schon jetzt aus allen Nähten platzt. Das ist das Gegenteil von dem, was es zu tun gilt: den überflüssigen Ansturm begrenzen, die großen Schiffe auf Abstand halten, die Fahrgeschwindigkeit der Boote verlangsamen, die Feuchtgebiete wiederherstellen und der Verschmutzung Einhalt gebieten. Statt auf überflüssige Jobs sollte man lieber auf eine Entwicklung setzen, die Venedig entspricht, eine Stadt gestalten, die wirklich auf Kunst und Wissen ausgerichtet ist, ein internationales Forschungszentrum für die Folgen des Wasseranstiegs …«

»Stopp!«

Guido hat sich seinem Eindruck nach alle Mühe gegeben, aber jetzt reicht es ihm, er schreit, und während er sich mit beiden Fäusten auf den Tisch stützt, baut er sich vor seinem

Gegenüber auf. Sie stehen voreinander wie zwei Streithähne, Aug in Aug.

»Hören Sie auf mit Ihren Beschimpfungen, Professor. Die Katastrophe, die Sie heraufbeschwören, das sind auch vierzigtausend Arbeitsplätze, die nicht überflüssig sind, sondern nötig, um die Mieten zu bezahlen, das Studium der Kinder und die Renten. Das ist die Wirklichkeit, die ich kenne. Sie halten natürlich Ihre Universität und Ihre Forschung hoch, aber ich, ich kümmere mich um das wahre Leben. Übrigens haben die Bürger genau deshalb uns gewählt und nicht Sie, Signor Scherzi«, schließt er in spöttischem Ton und in Anspielung auf das schlechte Wahlergebnis der Liste, für die Livio kandidiert hat.

Livio beendet den Kampf und wendet den Blick ab. Ihm bleibt eine letzte Karte, die er ausspielen kann. »In Ordnung, sehen Sie es ruhig auf diese Weise. Die Kommission der UNESCO, die in vier Monaten darüber entscheiden wird, ob die Stadt weiterhin auf der Liste des Welterbes steht, wird uns vermutlich anders verstehen. Ich habe bereits um einen Termin gebeten. Unsere von Ihnen offenbar verachteten Wissenschaftler genießen international ein hohes Ansehen, sie werden kein beschwichtigendes Gerede unterstützen, wenn die Realität das Gegenteil erfordert.«

»Damit schießen Sie auf Ihre eigene Stadt, Signore«, donnert Guido. »Ich glaube, wir haben uns alles gesagt. Wenn Sie mich entschuldigen wollen, ich habe zu tun.«

Livio steht abrupt auf, grummelt ein Auf Wiedersehen und knallt die Tür.

Guido fegt das Gutachten wütend vom Tisch und gießt sich einen Whiskey zur Stärkung ein. Man wird diesen Idioten trotzdem beobachten müssen!

Die Menschenmenge auf dem Vaporetto, mit dem Livio zur Uni zurückfährt, verströmt einen Geruch nach nassem Hund und Bratfett. Auf seinen Schultern lastet tiefe Traurigkeit.

LÉA HAT NICHT LANGE nachgedacht. Es ist vollkommen klar, dass sie an der Demo gegen die Ozeanriesen teilnimmt. Drei Tage vorher hat eines dieser Kreuzfahrtschiffe, das plötzlich ein Antriebsproblem hatte, den Kai an den Zattere eingedrückt. Ein kleines Touristenboot mit etwa dreißig Personen an Bord verdankte seine Rettung lediglich dem guten Reaktionsvermögen des Kapitäns, dem es gelang, die Halteleinen loszumachen und damit zu vermeiden, dass das Boot am Kai zerquetscht wurde. Der Unfall fand nur wenige Meter von der Kirche I Gesuati entfernt statt. Ein bisschen mehr Wind oder Strömung im Giudecca-Kanal, eine Stunde später mit einer überfüllten Promenade, und der Vorfall hätte dramatisch geendet; ganz zu schweigen davon, wie so etwas am Dogenpalast ausgegangen wäre.

Es ist mild an diesem Samstag, Blumenduft erinnert daran, dass Sommer ist, und die Seeluft legt sich als feuchter Schleier auf die Gesichter. Vielleicht liegt es an dem guten Wetter oder daran, dass die Venezianer tatsächlich besorgt sind, auf jeden Fall stoßen von überallher Leute dazu. Léa und Livio haben vorsichtshalber beschlossen, sich nicht zusammen blicken zu lassen, und Léa hat einen Begleiter in ihrem Kommilitonen Simon, ihrem »Lieblingsengländer«, gefunden. Sie hat erfahren, dass Simon in den Ferien Hunderte Jahre alte Bäume in Sussex besetzt hat, um sie vor der Abholzung zu retten, und dass er regelmäßig zivilen Ungehorsam übt. Sein Aktivismus ist auch der Grund dafür, dass seine Familie ihn lieber weit weggeschickt hat, nach Venedig.

Bevor die Menge sich in Bewegung setzt, wird gezählt, es herrscht Begeisterung angesichts der großen Beteiligung und Freude: fünftausend ... sechstausend! Sogar noch mehr!

Léa erlebt zum ersten Mal die Atmosphäre, in der jeder mit jedem redet, das Zusammengehörigkeitsgefühl, den beflügelnden Eindruck, dass man recht hat, dass man stark ist, dass man gewinnen wird. Das Organisationsteam verteilt Transparente mit bunten Sprüchen und rote Fahnen, auf denen der berühmte Markuslöwe mit der Pranke auf der Bibel zu sehen ist, das Stadtwappen Venedigs. Alles flattert im Wind wie die Banner beim Karneval.

Als die Menge schreit »Keine Kreuzfahrtschiffe!« und »Venedig statt Veniceland«, setzt sich der Zug in Richtung Markusdom in Bewegung, dorthin, wo das Volk seit jeher seine Meinung kundgetan hat, indem es den Dogen durch Beifall wählte oder nicht. Im Demonstrationszug laufen Familien mit Kindern auf den Schultern, Grauhaarige, die die Parolen eher träge aufgreifen, und junge Leute, die sich heiser schreien. Simon stößt eine Art Choreografie an, indem er im Takt hochspringt und die Menge zum Mitmachen animiert. Mit seiner schmalen Gestalt und dem roten Strubbelkopf sieht er aus wie ein Kobold, der die Massen anspornt.

»Das kommt gut in den Medien. Pass auf, das ist morgen auf allen Titelseiten«, prophezeit er.

In den Gassen schwellen die Sprechchöre zu einem Echo an, das über die Fassaden donnert, die Demonstrierenden mitreißt und Köpfe an den Fenstern auftauchen lässt. Die Menge ist aufgestachelt, als sie in der Sonne vor dem Markusdom ankommt und die Schaulustigen zur Seite schiebt. Die meisten Einwohner Venedigs besuchen den berühmten Platz gar nicht mehr, sie fühlen sich sogar ausgeschlossen inmitten all der Urlauber und Luxusgeschäfte. Der Zug verlangsamt sich, die Teilnehmenden wirken ein wenig verhalten, als würden sie ein Tabu brechen. Dann werden die Sprechchöre wieder aufgenommen, mutiger und provokanter als vorher. Schließlich gehört ihnen die Stadt, sie sind das Volk von Venedig. Die Atmosphäre ist angespannt. Auf der Domseite hält eine Gruppe von Polizisten die Reihen zusammen. Ein paar Touristen, die nicht ungehindert flanieren können, grummeln vor sich hin und ernten als Antwort ein »Dann haut doch ab«.

Plötzlich schreit jemand: »Da ist eins!«

Eine seltsame Stille legt sich über die Menschenmenge, die Blicke wenden sich in die Richtung, wo der Canal Grande sich zum Meer hin öffnet und eines der verhassten Kreuzfahrtschiffe näher kommt: ein stählerner Eisberg von dreihundert Metern Länge und mit vierzehn Stockwerken, der deutlich die Kuppeln der höchsten Kirchen überragt und das übrige Stadtbild auslöscht. Die Einfahrt der Schiffe ruft immer eine Mischung aus Angst und Faszination hervor. Der Ablauf ist derselbe: Sie werden vor dem Lido von Schleppern abgeholt, auf Höhe des Dogenpalastes gedreht und, wenn auch das letzte Selfie gemacht ist, durch den Giudecca-Kanal zur Landungsbrücke transportiert. Ein solches Schiffsballett findet fünf oder sechs Mal am Tag statt und sorgt normalerweise nicht für großes Aufsehen. Die Venezianer senken den Blick, und die Spaziergänger auf dem Kai übertreffen sich gegenseitig darin, Fotos zu schießen. Diesmal erstarren Demonstranten und Touristen, verharren wie gelähmt, als wäre das große Schiff dabei, sich vor ihren Augen zwischen den beiden Säulen zu verkeilen, die den Platz rahmen. Die Schlepper wirken wie Spielzeuge, die einer Windbö nicht lange standhalten. Die Passagiere, kleine bunte Flecken auf sämtlichen Etagen, geben sich ahnungslos wie auf der *Titanic,* während sie mitten hineinfahren in den Untergang. In diesem Augenblick tauchen etwa zehn Schlauchboote auf, die stolz das rote Banner mit dem goldenen Löwen zeigen. Sie positionieren sich vor dem Bug des Kreuzfahrtschiffes und spannen jeweils zu zweit riesige Transparente mit englischer Aufschrift auf: »Keine Kreuzfahrtschiffe!«, »Ihr seid hier nicht willkommen«, »Ihr zerstört Venedig«. Die Lotsen auf den Schlauchbooten manövrieren sich äußerst geschickt ganz nah an den Bug heran. Der beunruhigte oder genervte Steuermann des Kreuzfahrtschiffes offenbart seine Feindseligkeit durch einen lauten Stoß ins Nebelhorn, der klingt, als kündige er die Gladiatoren in der Arena an. Vom Ozeandampfer hagelt es aufgebrachtes Protestgeschrei und sogar Gegenstände, Obst und Geschirr – alles, was den wütenden Kreuzfahrtpassagieren in die Hände fällt, die ihr Rendezvous mit der geschichtsträchtigen Stadt vermasselt sehen. Auf dem Platz beginnt die Menge, die bislang den Atem angehalten hat, zu toben. Im Geschrei brechen Drängeleien los. Die Polizei entschließt sich, einzuschreiten, und macht das Durcheinander damit nur noch größer, weil sie es nicht schafft, die Familien, die beim Versuch, zu fliehen, ihre Buggys zurücklassen, von den in alle Richtungen wirbelnden Touristen und den Demonstranten zu trennen, die sich rund um den Kirchturm versammeln und skandieren: »Der Markusdom gehört dem Volk!« Der Platz gleicht einem von der Brown'schen Molekularbewegung angetriebenen Ameisenhaufen.

Léa hat das Gefühl, einen historischen Moment zu erleben. Der friedliche Umzug hat ihr Spaß gemacht, aber jetzt geht es ums Ganze, um Engagement, um Aufstand. Ihr Stolz befiehlt ihr, sich zu behaupten und sich ihrer Mitstreiter würdig zu erweisen, die auf den Schlauchbooten ihr Leben riskieren. Automatisch stampft sie mit den Füßen und ist ganz berauscht vom Kampf.

Schnell finden sich tausend Militante am Fuß des Kirchturms zusammen. Unter den Sirenen der Küstenwache und der anrückenden Polizeiverstärkung beginnt die Luft zu vibrieren, und die Atmosphäre wird noch angespannter als ohnehin schon. Innerhalb weniger Minuten kippt der heitere Protest in einen Aufruhr. Ein wahres Fest für die Fotografen. Die Organisatoren hatten eigentlich geplant, die Kundgebung vor der Basilika abzuhalten. Jetzt sind sie unschlüssig wegen der Wendung der Ereignisse, und die Megafone schweigen. Die Schaulustigen weichen unter die Arkaden zurück und geben eine Art Schlachtfeld frei, auf dem sie im Gedränge Schuhe und Plastiktüten zurücklassen. Am anderen Ende tauchen zusätzliche Ordnungskräfte auf, ihre Helme glitzern in der Sonne wie die Panzer von Käfern. Beide Gruppen taxieren sich. Als die Sprechchöre wieder anheben, detonieren die ersten Tränengasgranaten. Léa packt in ihrer Angst die Fahne mit dem Löwen, als könnte das Tier sie verteidigen, und schaut sich nach Simon um. Gewalt kennt sie nicht. Als liebevoll umsorgtes Kind hat sie hin und wieder freundlichen Widerspruch zu hören bekommen und schlimmstenfalls Guidos Wutausbrüche erlebt, die schnell wieder verflogen, aber nie körperliche Auseinandersetzungen. Sie spürt, wie ihr der Schweiß den Rücken hinunterläuft, und schämt sich beim Gedanken an den Geruch und die Spur auf ihrer roten Seidenbluse.

Sie hat keine Zeit, um weiter darüber nachzudenken. Simon als erfahrener Aktivist holt aus seinem Rucksack Halstücher und klein geschnittene Zitronen und verteilt sie um sich herum. Er ruft ihr zu: »Hier, gegen das Gas, dann kannst du besser atmen.«

Der Platz füllt sich mit Rauch, durch den eine Staffel schwarz gekleideter Menschen auszumachen ist. Die Demonstrierenden husten und schreien, niemand sagt, was zu tun ist. Wieder ergreift Simon die Initiative: »Alle auf den Boden! Legt euch hin, passiver Widerstand! Der Platz gehört uns. Wenn sie uns wegbringen wollen, müssen sie das mit Gewalt tun. Haltet euch aneinander fest!«

Er packt Léa und ein paar andere in der Nähe am Arm und zieht sie mit sich in die Hocke. Schnell wird seine Anweisung aufgegriffen, und alle lassen sich wie im Kugelhagel fallen, das Gesicht zum Boden, um sich vor dem Gas zu schützen. Angesichts dieser Taktik schießt die Polizei nicht weiter und versucht, Einzelne brutal herauszuzerren. Als zwei Typen sie packen, setzt Léa sich zur Wehr und hört ihre Bluse dabei reißen.

Das Foto ist später auf der Titelseite fast aller italienischen Tageszeitungen zu sehen: Sie ist rot – rot die zerrissene Kleidung, aus der eine Brust hervorschaut, rot das Banner mit dem Markuslöwen, das sie hinter sich herzieht und nicht loslässt, rot ihre Wangen im Eifer des Gefechts. Sie sind schwarz – schwarz die beiden Robocops in Rüstung, schwarz ihre Gesichter hinter den Visieren, schwarz der Gummiknüppel, mit dem einer der beiden ausholt.

Simon hat recht gehabt, die Demo ist auf der Titelseite der Zeitungen. Nicht einmal vierundzwanzig Stunden später löst die linke überregionale Tageszeitung *La Repubblica* einen Skandal aus: »Die junge Frau, hier zu sehen bei ihrer brutalen

Verhaftung während der Demonstration gegen die Gefahr von Kreuzfahrtschiffen in Venedig, ist Léa Malegatti, die Tochter des Stadtrats für Wirtschaftsentwicklung.«

IN DEN DARAUFFOLGENDEN Tagen verlässt Maria Alba die Hollywoodschaukel nicht. Sie will nicht mit Freundinnen ausgehen, um keine spöttischen Bemerkungen zur Demonstration zu ernten. In der Wohnung kann man, wenn Vater und Tochter gleichzeitig da sind, nicht atmen. Nach dem Treffen mit Livio hat Guido innerlich gegen die Professoren gewettert, die den Studierenden irgendwelchen Unsinn in den Kopf setzen. Er wollte es seiner Tochter nicht verübeln. Schließlich kann man in diesem Alter idealistisch sein. Als Léa unbeholfen versuchte, das Anliegen des Professors zu verteidigen, hat Guido ihr gesagt, er werde sich das Gutachten ansehen, aber sie solle sich lieber auf ihr Studium konzentrieren, als sich mit Themen zu verzetteln, von denen sie keine Ahnung habe. Leichte Spannung hat sich breitgemacht. Danach hat der Anstand gesiegt: Über Ärgernisse wird bei den Malegatti nicht gesprochen.

Aber als die Abendnachrichten das besagte Foto verbreiten, hören selbst die Nachbarn von unten Guido schreien: »Léaaaaa! Was zum Teufel geht hier vor!?«

Léa hat sich in ihr Zimmer geschlichen, bevor ihr Vater nach Hause gekommen ist, sie steht noch ganz unter dem Eindruck des Erlebten und geht sofort in die Luft. »Hast du gesehen, wie sie uns mit Tränengas bombardiert haben? Man kann nicht mal mehr demonstrieren! Das ist doch keine Demokratie mehr! Und nur, weil wir die Stadt verteidigen und die

Leute, die beinahe von den Kreuzfahrtmonstern zerquetscht worden wären.«

Guido hat sich darauf eingestellt, ihr eine Strafpredigt zu halten und zu sagen, wo es langgeht. Als er auf dem Bild sah, wie seine Tochter über den Boden geschleift wurde, hat er noch im Nachhinein Angst um sie gehabt, die aber sofort in Wut gegen diese Dummheit umschlug. Was Léa sagt und die Heftigkeit, mit der sie es tut, bringen ihn aus dem Konzept und beunruhigen ihn. Wofür hat Léa sich da einspannen lassen? Vielleicht hat dieser Scherzi mehr Einfluss, als Guido gedacht hat, in Léas Alter ist man schließlich leicht zu beeinflussen. Er versucht sich zu beherrschen.

»Schilder zu schwenken ist eine Sache, mein Schatz, aber sich mit der Polizei zu prügeln eine andere. Du bringst dich in Gefahr, und ganz nebenbei machst du die Familie lächerlich. Ich will, dass du damit aufhörst. Und ich will nicht, dass du dich von Leuten mitreißen lässt, die Quatsch erzählen.«

Die Anspielung auf Scherzi ist deutlich und macht Léa noch aggressiver.

»Diese ›Leute‹ wissen sehr wohl, was sie erzählen. Aber du verschließt die Augen. Die Schiffe ruinieren Venedig, doch sie bringen Geld ein, und das reicht dir!«

Guidos Beschwichtigungsversuch führt zu nichts. Da springt er auf und packt seine Tochter an der Schulter.

»Venedig ruinieren! Und was glaubst du, woher das Geld kommt für die Arbeiten an den Kanälen, an den Brücken, für die Müllentsorgung und die Instandhaltung der Denkmäler? Irgendwer muss das alles schließlich bezahlen, und ich bezweifle, dass das die sind, die die guten Ratschläge verteilen, die es sich an der Uni gut gehen lassen, während die anderen arbeiten. Verstehst du?«

Léa macht sich los und raunt: »Ich mach, was ich will!«

Maria Alba, die den Streit von ihrem Zimmer aus verfolgt hat, hört zwei Türen knallen: die von Léas Zimmer und als Antwort darauf die Eingangstür, durch die Guido verschwindet, um sich abzureagieren.

Maria Alba verabscheut Streit und Geschrei. In der Familie Dandolo beherrscht man seine Gefühle. Konflikte gibt es ebenso wie überall, aber sie werden still und leise und manchmal auf infame Weise gelöst. Unstimmigkeiten zeigen sich nur in Anspielungen oder in aufgesetzt lustigem Ton. Weinen, schallendes Gelächter oder Schreien gelten als vulgär. Mitzuerleben, wie die Tochter und der Ehemann derart ungehobelt miteinander umgehen, verletzt sie.

In den Tagen darauf versucht sie mit aller Kraft, die Fassade des familiären Zusammenhalts zu wahren. Aber sie kann noch so köstliches Essen zu den Mahlzeiten auffahren, um den Familienfrieden wiederherzustellen, oder die Konversation ganz allein bestreiten und über sonst was reden, um die Atmosphäre zu entspannen – es ist nichts zu machen.

Die Ausgabe von *La Repubblica,* die am Tag nach der Demonstration wütend auf den Frühstückstisch geknallt wird, ist der Auftakt zu einer Woche, in der gegenseitige Vorwürfe und Schweigen einander abwechseln.

Maria Alba ist des Hin und Hers müde und hofft darauf, dass die Dinge sich im Laufe der Zeit schon wieder beruhigen werden. Bis dahin flüchtet sie auf die Terrasse. Während sie so tut, als sei sie ganz in ihre Lektüre vertieft, konzentriert sie sich auf den Duft der Bougainvilleen und das Gezwitscher der Vögel. In Gedanken kratzt sie an den Flecken auf den hellblauen Kissen herum. Sie hatte sie gerade neu aufpolstern lassen, als eine Freundin eine Tasse Tee darauf verschüttet und sie mit großen braunen Rändern ruiniert hat. Für Maria Alba fühlt es sich an, als hätte sie etwas Unersetzliches verloren. Ein Ärgernis folgt auf das nächste, aber man muss schließlich weiterleben.

Was den Streit zwischen Léa und Guido angeht, so fühlt sie sich unwohl. Sie teilt Guidos Sorge und Missbilligung. Léa hat eine große Dummheit begangen. Und außerdem hat man sich in Venedig noch nie für Geld geschämt, ganz im Gegenteil. Andererseits hat ihre Tochter recht. Die riesigen Schiffe verschandeln die Stadt und ziehen Leute ohne echtes Interesse an. Intuitiv erscheint es ihr normal, dass die Serenissima einer Elite vorbehalten ist. Diesen Schatz derart vielen Menschen anzuvertrauen, kommt einem Sakrileg gleich.

Warum sind die Dinge nur so kompliziert? Wo sind nur das staunende Kind und der Mann hin, den sie mit allen Mitteln versucht hat in einen Gentleman zu verwandeln? Sie sieht über manche von Guidos Eskapaden hinweg, den Alkohol und ein paar Frauen. Man hat ihr mildtätig davon erzählt, mit einem Unterton, der besagte: »Mein armer Schatz, so sind die Männer nun mal …« Sie weiß es selbst: So sind die Männer nun mal. Sie hat durchaus Verständnis für die Wutausbrüche ihrer heranwachsenden Tochter, Hauptsache, all das bleibt in den eigenen vier Wänden und weitet sich nicht zu einem öffentlichen Skandal aus. Aber dass diese Diskussion ihre Familie derart beeinträchtigt und die Aufmerksamkeit auf sie zieht, erscheint ihr zugleich albern und schändlich. Wie kann man sich nur so streiten, bloß weil man unterschiedlicher Ansicht ist?

Sie gibt der Hollywoodschaukel mit einem Fuß Anschwung und malt sich aus, wie es zu einer Aussöhnung kommen könnte: Sie könnten alle drei nach Paris oder New York in die Ferien fahren, Léa an eine weit entfernte Universität nach Rom schicken oder sie vielleicht verheiraten, doch an Letzteres glaubt sie selbst kaum. Es wäre schon erstaunlich, wenn eine angemessene Familie ein Mädchen als Schwiegertochter akzeptieren würde, das sich oben ohne auf einer Demonstration zeigt.

Würde Maria Alba sich nicht so sehr auf die Details kaprizieren, sondern hätte sie sich stattdessen mit Guido ausgetauscht, dann hätte sie ihn vielleicht von der Unbesonnenheit abbringen können, die er gerade im obersten Stockwerk der Ca' Farsetti ausheckt.

Die Aufsässigkeit seiner Tochter hat Guido schwer gekränkt. Das Schlimmste ist der anzügliche Blick des Bürgermeisters gewesen, der ihm kurz vor der Stadtratssitzung zugeraunt hat: »Scharfe Braut, deine Tochter, aber du wirst sie ein bisschen im Zaum halten müssen, ansonsten werde ich die Polizei nur schwer im Zaum halten können!«

Guido ist beunruhigt. In was für heikle Situationen wird Léas Leichtsinnigkeit ihn wohl selbst noch stürzen? Er muss wissen, wer sie beeinflusst, und drohende Skandale vorhersehen und vereiteln. Ohne von ihrer Beziehung zu wissen, macht er Scherzi verantwortlich und würde außerdem gern wissen, was dieser in Bezug auf die UNESCO ausbrütet. Vermutlich ist Léa dabei, wenn die entsprechenden Strategien diskutiert werden. In Venedig gilt seit jeher: Wer die Informationen besitzt, besitzt die Macht. Und dafür gibt es spezielle Adressen. Die Republik hat ihre Größe der Spionage zu verdanken, mit dem, was Guido plant, besinnt er sich auf die eigenen Wurzeln.

Der Typ ihm gegenüber wirkt so, als sei er einem schlechten Roman entsprungen, mit seinen gelben Nikotinfingern von der vielen Warterei im Versteck. Er nickt zustimmend und macht sich Notizen in einem altmodischen Heft mit Spiralbindung. Dabei hütet er sich, festzuhalten, dass unter den beiden zu überwachenden Personen, Livio Scherzi und Léa Malegatti, die Tochter des Mannes ist, der gerade mit ihm spricht. Im Übrigen ist es ihm auch egal, ebenso wie die Erläuterungen zur Sicherheit der Stadt, die von der Sache abzuhängen scheint. Der Job ist gut bezahlt. Er begnügt sich mit einem fachmännischen Rat: »Verhalten Sie sich den betroffenen Personen gegenüber ganz normal. Jede Verhaltensänderung könnte sie warnen. Ich mache mich an die Arbeit und melde mich in zwei Wochen wieder bei Ihnen.«

Keine Verhaltensänderung, das ist nicht schwer für Guido. Mit Léa spricht er zu Hause nur das Nötigste, und Scherzi ist ohnehin von seinem Radar verschwunden.

Seit der Demonstration ist Léa ein Star an der Uni. Ein paar Schnösel, wie Lorenzo Contarini, der sie von Anfang an herablassend behandelt hat, haben versucht, sich über ihre nackte Brust lustig zu machen. Aber dass sie von der Polizei auf dem Boden entlanggezerrt worden ist, macht sie zur erstklassigen Revolutionärin, fast zur Märtyrerin. Léa selbst ist von Simons Verhalten beeindruckt gewesen, sie hatte ihn nicht derart kampferprobt eingeschätzt. Begeistert hört sie sich seine Geschichten an – von den Flashmobs, vom Anketten an Bäumen, von gestörten Aktionärsversammlungen oder der Blockade von Zügen. Passwörter, kodierte Mails und Ablenkungsmanöver – wie ein aufgeregtes kleines Mädchen lüftet sie all die Geheimnisse, und Simon übertreibt ein bisschen, um die Bewunderung der schönen Léa auf sich zu ziehen. Zusammen beschließen sie, eine studentische Kampfeinheit zu gründen.

Das Gutachten »Venedig retten« liefert ihnen alle überzeugenden Argumente. Aus Sentimentalität besteht Léa darauf, dass die verschwiegene Bar Dorso, auf deren Terrasse sie Livios Hand zum ersten Mal genommen hat, ihr Hauptquartier wird. Der dunkle Raum mit den Plastikmöbeln wie aus den Siebzigerjahren entspricht eigentlich nicht dem Geschmack der Studierenden, die lieber in angesagtere Läden gehen. Aber Léa, Simon und ein Dutzend Verschwörer fühlen sich hier in Sicherheit. Zum Feierabend hängen hier nur ein paar alte Leute herum und Arbeiter, die noch etwas trinken, bevor sie nach Hause gehen. Niemand achtet auf den Typen, der ganz allein ewig vor seinem Bier sitzt. Livio nimmt nicht an den Versammlungen der Studierenden teil, und gegen sechs hat Léa es oft eilig, zu ihm zu kommen, und bemerkt nicht, dass sie verfolgt wird.

Dass sie die Krawalle miterlebt hat, ist Léa zu Kopf gestiegen, sie ist selbstsicher geworden und fühlt sich im Recht. Sie gibt ihrem Geliebten Kontra und findet es zu angepasst, um eine Anhörung bei der UNESCO zu bitten.

»Das ist doch alles nur Geschwafel. Niemand will wissen, was die UNESCO denkt«, behauptet sie. »Du hast doch gesehen, wie wir mit der Demo auf die Titelseiten gekommen sind. Den Canal Grande blockieren oder den Markusplatz, sich vor dem Dogenpalast anketten – *das* ist es, was die Leute wachrüttelt.«

»Das ist Quatsch. Die Touristen werden wütend und die Geschäftsleute auch. Du bringst alle gegen dich auf. Diesen Kleinkrieg haltet ihr nicht lange durch. Die Polizei wird euch ganz schnell einsammeln, und die meisten Leute werden nichts dagegen haben. Aber wenn die UNESCO die Stadt herabstuft, dann werden sich alle Venezianer vehement gegen die Stadtverwaltung auflehnen. Bei den nächsten Wahlen wird es keine Mehrheit mehr geben.«

»Aber wir können doch nicht auf die nächsten Wahlen warten! Und du weißt genau, dass Marghera und Mestre drei Viertel der Wähler ausmachen und dass sie niemals gegen die Kreuzfahrtschiffe stimmen werden.«

Sie zanken sich, bis er sie küsst und sie auf die bunte Decke zieht.

Auf der anderen Straßenseite tut ein Mann so, als interessiere er sich für die Architektur, und schießt Bilder von dem Schattenspiel der beiden Gestalten, die sich hinter dem Fenster umschlingen.

GUIDO SCHENKT SICH noch einen Whiskey ein, den dritten. Den braucht er dringend, um seine Wut herunterzukochen. Er hat sich nicht getraut, das Dokument auszudrucken, damit es nicht in die falschen Hände gerät, aber er kennt es bereits auswendig. Unter dem Einfluss von diesem englischen Aktivisten ist Léa völlig übergeschnappt. Aber vor allem lässt sie sich von ihrem idiotischen Professor bespringen. Der Satz klingt vulgär und löst bei Guido einen Schmerz wie von einem Wespenstich aus, den er mit einem großen Schluck vertreibt. Ginge es um eine Angestellte aus dem Rathaus, würde ihn die Ausdrucksweise nicht schockieren. Aber es geht um seine Tochter. Er hört schon, wie die Nachricht sich verbreitet, und sieht das wissende Grinsen auf den Gesichtern, sobald er sich nähert. In seinem Gefühlschaos nimmt er es Maria Alba übel, dass sie Léa schlecht erzogen hat, sich selbst, dass er nichts hat kommen sehen, und vor allem hegt er einen grenzenlosen Hass gegen Scherzi, der ihm seine Tochter gestohlen hat. Als er noch ein Junge war, klärte ein Freund ihn auf. Für Guido war es unvorstellbar, dass seine eigenen Eltern so etwas Verdorbenes taten. Wochenlang hatte er sie verachtet. Dasselbe Gefühl überkommt ihn jetzt, wenn er sich die eindeutigen Fotos ansieht.

In seinem Ärger droht er in dem kleinen Büro zu ersticken, er eilt die Treppe hinunter und holt rasch das Schnellboot, auf dem er gleichermaßen seine zeitweiligen Eroberungen wie auch sonntags Maria Alba zu einem Ausflug mitnimmt. Er gibt ordentlich Gas auf dem Canal Grande und versetzt dabei sowohl das Wasser als auch die Gondolieri in Aufruhr. Die eisige Dezemberluft macht ihn benommen. Es ist erst vier Uhr nachmittags, aber der Himmel hängt schon tief und zieht Wattebäusche dicht über die Wasseroberfläche. Guido ist schnell von Grau umhüllt und ortet die anderen Schiffe und die Dalben erst im letzten Augenblick. Unwillkürlich nimmt er Kurs auf die Hauptdurchfahrt des Lidos, als brauche er die Weite der offenen See, um seiner Wut Raum zu geben. Als er ankommt, muss er die Geschwindigkeit drosseln, um einen Baukahn für MO.S.E. durchzulassen, der dort am Werk ist. Der Anblick zieht seine Aufmerksamkeit auf sich, und sein Ärger verflüchtigt sich ein wenig. Er fühlt sich besänftigt. Liegt das an dem Sperrwerk, das er so sehr liebt? Das große Schiff transportiert eines der Fluttore zurück, vielleicht von einer Überprüfung oder Anpassung, und der Kran an Bord beginnt, den Stahlbrocken anzuheben. Das riesige Stück schwenkt langsam herum, als würde es nichts wiegen, und taucht ins Wasser ein, ohne auch nur die geringste Strömung auszulösen. Eine Gruppe von Tauchern wartet schon, um es in seinem Betonbett neben siebenundsiebzig anderen Toren einzusetzen. Alles ist genau durchdacht, geregelt, geplant und organisiert. Auf dem Kahn bewegen sich die Männer in Orange vollkommen ruhig. Weder Geschrei noch Geschnauze noch abrupte Bewegungen, sie lenken die dreihundert Tonnen so präzise wie bei einem chirurgischen Eingriff. Die absolute Beherrschung vermittelt Unbesiegbarkeit, was Guido beruhigt. Er hat »Venedig retten« überflogen, sich die bedrohlichen Kurven und die Expertenmeinungen angeschaut. Was er hier sieht, ist der unbestreitbare Beweis für die Macht der Technik. Was die Gegner auch sagen, MO.S.E. wird funktionieren, und das Wasserballett, das er hier sieht, würde selbst die größten Zweifler überzeugen. Und was den Punkt betrifft, dass das regelmäßige Verschließen angeblich schädlich für die Lagune sein soll, so wird sich schon ein Gegenmittel finden, man kann Wasser von anderswo herbringen, weiter ausbaggern und immer wieder Neues erfinden. Venedig ist seit jeher mit seinen Flüssen und Inseln zurechtgekommen, mit seinem Genie hat es sich eine Natur aus stinkendem Sumpf untertan gemacht und wird das auch in Zukunft tun. MO.S.E. ist zu dreiundneunzig Prozent fertig, das Ziel ist zum Greifen nahe, es kommt nicht infrage, dass diejenigen, die den Teufel an die Wand malen, Tausende von Arbeitsstunden und all die Klugheit zunichtemachen.

Guido denkt jetzt ganz in Ruhe über den Bericht des Mannes mit den gelben Fingern nach, und plötzlich bricht er in Gelächter aus, das sich im Nebel zu verlieren scheint.

Die Lösung hat einen Namen: Verführung Minderjähriger!

Er hat alles, was er braucht, die Fotos von den beiden eng umschlungenen Liebenden, und Léa ist noch nicht achtzehn. Ein guter Anwalt wird zusätzlich ins Feld führen, dass der Gegner die Tochter des Stadtrates für Wirtschaftsentwicklung mit dem Vorsatz verführt hat, an Informationen zu gelangen oder Druck auszuüben. Äußerst günstige Umstände. Dafür wird Scherzi mindestens von der Universität verwiesen oder sogar eine Weile ins Gefängnis wandern. Die Gegenleistung des großen Professors, um diese Katstrophe zu umgehen, heißt: schweigen und »Venedig retten« begraben. Guido ist rundum zufrieden. Gut, dass er frische Luft geschnappt hat, das hat seine Gedanken beflügelt. Beinahe hätte er den genialen Gedanken MO.S.E. zugeschrieben. Der Bauer in ihm hat einen Hang zum Aberglauben.

Guido gönnt sich das Vergnügen, noch ein wenig zu bleiben und fasziniert bei den Arbeiten zuzusehen. Plötzlich bricht gegenüber die Sonne direkt über dem Nebel durch und breitet ihre letzten Strahlen über der Baustelle aus. Das gelbe Metallkonstrukt funkelt wie ein Leuchtturm im Dunst und erscheint noch mächtiger. Guido fühlt sich sicher, vielleicht so wie die Stadtbewohner im Mittelalter, die sich hinter Steinmauern und schweren Eichentüren verschanzten. Das geschützte Venedig wird wieder unbesiegbar sein und zu neuer Blüte gelangen.

Noch bevor er zurück in der Stadt ist, ruft er den Professor vom Boot aus an.

»Signor Scherzi, hier spricht Guido Malegatti, ich glaube, wir müssen miteinander reden.«

LÉA LIEGT AUF DEM RÜCKEN im Gras, im Parco delle Rimembranze, am äußersten Ende Venedigs. Normalerweise ist der Park ein Ort für ein Familienpicknick, aber heute bei dem eisigen Wind, der von den Alpen her weht, ist er fast leer. Wenn sie die Augen öffnet, sieht sie nur den blassblauen Winterhimmel und ein Stück der Krone einer Schirmpinie. Sie wäre gern dieser Zweig oder die Möwe, die durch die Luft saust, oder die Ameise, die an ihrer Wade kribbelt. Alles, egal was, nur kein Mensch. Die Pinie, der Vogel und die Ameise kennen keinen Liebeskummer. Sie leben, und irgendwann sterben sie. Gewiss leiden sie körperlich, sie können frieren und Hunger haben, aber sie kennen nicht die Art von Leid, die jede von Léas Zellen erfasst hat und die sie nicht mehr loslässt.

Das Ende ihrer Liebesgeschichte hinterlässt in ihr nicht eine große Leere, sondern im Gegenteil ein Zuviel an Gefühlen, an dem sie erstickt. Immer wieder geht eine Welle von ihrem Solarplexus aus, schwillt im ganzen Körper an und bläht ihn auf. Sie fühlt sich eingeschlossen in ihrer fleischlichen Hülle. Nachts hat sie sich die Arme aufgekratzt, als wolle sie sich die Haut abreißen, und dabei lange rötliche Striemen hinterlassen, die sie jetzt im Winter zum Glück unter langen Ärmeln verbergen kann.

Léa hat die Trennung von Livio überhaupt nicht verstanden. Sie hatte gespürt, dass er eine Weile lang besorgt war, und es auf das erfolglose Treffen mit Guido geschoben. Sie hatte versucht, ihn zum Weitermachen zu ermutigen, ihn abzulenken, aber er war nicht zugänglich für ihre Argumente gewesen. Eigentlich hatte sie gedacht, mehr Einfluss auf ihn zu haben, und war darum gekränkt gewesen, aber sie hatte sich entschieden, geduldig zu sein.

An einem Nachmittag, als sie wie üblich außer Atem bei ihm ankam und dringend wissen wollte, ob seine Laune sich geändert hatte, küsste er sie lustlos und sagte den Satz, der unabwendbar auf Trennung hindeutete: »Wir müssen reden.«

»Léa, ich liebe dich nicht mehr«, fuhr er fort, während er aus dem Fenster starrte. »Ich verstehe mich selbst nicht. Es ist ungerecht, ich weiß, aber so ist es nun mal. Wir müssen uns trennen.«

Léa war wie betäubt von dieser Härte. Ein Zittern lief ihr vom Nacken über den ganzen Rücken, dann zog sich ihr Magen zusammen, als müsse sie sich übergeben. Sie versuchte alles: Erklärungen, Wut, Weinen, das berühmte »Hast du jemand anderen?«, aber sie prallte gegen eine Wand. Livio blieb zusammengesunken im Sessel sitzen und blickte abwechselnd zum Fenster und auf seine Schuhe, beharrte stur darauf, seine Gefühle hätten sich plötzlich verflüchtigt. Zwischendurch schwiegen beide, und es herrschte eine Spannung, die noch schlimmer war als Léas Weinen.

Livio war nicht gerade stolz auf sich. Nach der Unterredung mit Malegatti hatte er das Für und Wider abgewogen. Es war undenkbar, darauf zu verzichten, den Bericht der UNESCO vorzulegen. Aber er persönlich musste raus sein aus dem Spiel. Wenn andere sich dafür einsetzten, könnte er anführen, er habe nichts damit zu tun, man habe ihn übergangen. Das würde ihn zwar die fraglos schmeichelhafte Leitung des Projektes kosten, aber das wäre nichts verglichen mit der Aussicht auf eine Trennung. Doch Guido hatte ihm keine Wahl gelassen und von unwiderlegbaren Beweisen gesprochen. Livio erkannte, dass dieser Mann gnadenlos sein konnte, und der Ton, den er anschlug, als es um seine Tochter ging, ließ keinen Zweifel an seiner Entschlossenheit aufkommen. Nicht nur dass er ihm mit einer Klage drohte, Malegatti hatte ihm versichert, dass seine Beziehungen zu den höchsten Gremien der Universität ganz schnell dafür sorgen könnten, ihn zu entlassen. Denn Skandale dieser Art sind ein ewiger Makel für ein Institut.

Während der Tage, in denen Léa ihn so missmutig angetroffen hatte, war er in ständiger Unruhe. Wenn er ihren wunderschönen Körper streichelte, ihre junge Stimme hörte, ihr Lachen, war ihm nach Weinen zumute. Er suchte nach einem Ausweg. Aber an jenem Morgen, als er sein Gesicht im Spiegel sah, begriff er, dass er es nicht ertragen würde, das zu zerstören, was er jahrelang aufgebaut hatte. Um nichts auf der Welt würde er seine Karriere opfern, das universitäre Umfeld, von dem er lebte, nicht nur finanziell. Sein Platz im Leben, sein Schicksal war dort, unter dem Dach dieser Universität, die schon früh seine Träume beflügelt hatte, vor seinen Studierenden, in den Kolloquien, in den leidenschaftlichen Diskussionen mit Kolleginnen und Kollegen, und dazu gehörte auch, ohne dass er es sich eingestand, sein Stolz darauf, dass man ihn »Professor« Scherzi nannte. Léa würde eines Tages weggehen, das ahnte er, das war der natürliche Lauf einer Beziehung mit einem solch großen Altersunterschied. Was wäre er dann ohne seine Karriere? Ein bedeutungsloser, verbitterter Typ, dessen ehemalige Kollegen sich höhnisch an seinen Sturz erinnern würden. Es täte ihm unendlich weh, Léa zu verlassen, aber auf lange Sicht würde er sich davon erholen. Und sie war jung, sie würde vergessen. Er entschied sich, dass ein harter Bruch für sie beide besser wäre als langes Zögern, und vor allem wollte er ihr nicht den wahren Grund sagen, Léa wäre durchaus in der Lage, einen Skandal auszulösen.

Léa wusste nicht, dass sie keinerlei Chance hatte. Nachdem sie zwei Stunden lang erfolglos alles versucht hatte, trat sie die Flucht an, schnappte ihren Unirucksack, warf die Wohnungsschlüssel auf den Boden und knallte die Tür zu.

Léa war nicht bewusst gewesen, dass sie sich innerhalb von wenigen Monaten so sehr gebunden hatte. Auch sie hatte immer gewusst, dass eine Beziehung mit einem dreißig Jahre älteren Mann nicht ewig halten konnte, aber sie hatte sich der Gegenwart hingegeben, ihren jugendlichen Charme spielen lassen und dessen Macht genossen. Livio hatte sie körperlich und geistig glücklich gemacht. Wenn er ihr in die Augen sah, während er kam, und bis zum Schluss ihren Blick festhielt, dann zitterte sie vor Erregung. Sie liebte ihre Gespräche, fand es großartig, mit in die Bewegung rund um Venedig einzusteigen, sich zum ersten Mal zu engagieren. Sie war erwachsen geworden.

Jetzt isst sie nichts mehr, schwänzt die Seminare, lässt sich noch nicht einmal in der Dorso-Bar sehen, schließt sich in ihrem Zimmer ein, und wenn sie das Gefühl, zu zerplatzen, nicht mehr im Zaum halten kann, marschiert sie schnellen Schrittes durch die Stadt, um sich zu verausgaben.

Maria Alba hat gemerkt, dass sie Liebeskummer hat, aber nicht gewagt, sich einzuschalten. Es ist so schwer, über diese Dinge zu sprechen. Sie versucht, Léa ihre Zuneigung zu zeigen, erreicht sie damit aber nicht. Guido tut selbstverständlich so, als bekäme er nichts mit.

Heute Morgen hatte Léa beim Aufwachen alles vergessen, ein ganz normaler Tag begann. Aber dieser Zustand dauerte nur eine Sekunde. Sie hatte das Gefühl, zu ersticken, und floh halb bekleidet auf die Straße. Sie lief ziellos durch das morgendliche Venedig der Obdachlosen und Nachtschwärmer und landete im Parco delle Rimembranze. Am liebsten würde sie schreien, ausspucken, sich übergeben und fühlt sich fehl am Platz zwischen den Spaziergängern, die in aller Frühe ihre Hunde ausführen. Sie stellt sich vor, im Boden zu versinken, den unerträglichen Druck nicht mehr zu spüren, und beneidet die Vögel, Bäume und Ameisen um sich herum, die sorglos ihr Leben leben, ohne Gefühle, ohne Entscheidungen und ohne Bedauern.

Auf dem eisigen Boden im kalten Nordwind fühlt sich ihr feuchter Schweiß immer unangenehmer an. Sie zwingt sich, liegen zu bleiben, ganz ausgestreckt, als müsse sie sich selbst bestrafen oder für etwas büßen. Wie ein enttäuschtes kleines Mädchen fantasiert sie herum, sie stellt sich vor, sie sei eine asketische Jungfrau, die ihre Hormone unter Kontrolle hat, schwört sich, sich nie wieder zu verlieben, und fühlt sich lächerlich, verletzt in ihrem Stolz. All ihr Unabhängigkeitsstreben ist vergessen, sie würde alles tun für einen Blick, eine Zärtlichkeit. Sie hasst sich selbst, bekommt schon wieder keine Luft vor Sehnsucht. Dann stellt sie sich ein außergewöhnliches Leben vor, das sie einzigartig machen würde und Livio, vielleicht, ganz verrückt nach ihr, ein Leben als glanzvolle Wissenschaftlerin, Künstlerin oder Revolutionärin, egal was, etwas Ungewöhnliches, das seine Zuneigung wieder wecken würde.

Schließlich steht sie schwankend auf, der Körper steif vor Kälte, und geht langsam zum Anleger zurück. Der Wind versetzt das Wasser in Bewegung, das wie zerbrochenes Glas flimmert, und lässt die Baumkronen rauschen. Von dort, wo sie gerade ist, kann sie auf die Stadt blicken, die zwischen dem Blassblau des Himmels und dem gelblicheren Blau des Meeres zu schweben scheint. Ganz in Ruhe betrachtet sie die angreifbare Altstadt, die am Abgrund tanzt und sich immer zur Wehr setzt gegen den Feind, die Pest, das Meer und manchmal auch gegen eigene aufständische Gruppen. Sie vergisst die siegreiche Stadt, die Maria Alba ihr eingetrichtert hat, und ist gerührt von der Verletzlichkeit, die mit einer einzigartigen Vitalität einhergeht. Sie sieht darin seltsamerweise eine Parallele zu ihrer eigenen Verletztheit, ihrer eigenen Zerbrechlichkeit.

Ihr Vater hat recht, die Serenissima hat überlebt und sich bis heute immer wieder neu erfunden, dank des Selbsterhaltungstriebs, der angeblich schon die ersten Siedler prägte. Aber was wird die Zukunft bringen? Alles vergeht, alles stirbt, eine Liebe, eine Stadt ... Ein zärtliches Gefühl überkommt sie. Sie schaut auf IHRE Stadt, IHRE Steine, IHRE Erinnerungen, IHR Leben. Hier ist sie geboren, hat laufen gelernt und zum ersten Mal gelacht. Wie alle, die noch nie entwurzelt waren, konnte sie bislang nicht ermessen, wie sehr ein Ort jede Zelle eines Körpers beherrschen kann, wie sehr die Vorstellung, von diesem Ort getrennt zu sein, dem Tod gleicht.

Über dem Wasser hat sich Nebel gebildet, und die Sonne, deren Strahlen darüber hinwegschießen, färbt Venedig glutrot wie auf einem Gemälde von Turner. Die Gebäude sehen aus, als würden sie von diesen Schwaden verwischt und verlören dabei ihre Konsistenz, als würden sie ausradiert, als wären sie nur Träume. Ein wunderschöner und erschreckender Anblick.

Léa spürt die Tränen über ihre Wangen laufen. Soeben wurde sie von einer Gewissheit getroffen: Venedig wird bald untergehen, verschwinden wie im Nebel, aber für immer. Mit einem Schlag spürt sie geradezu körperlich, was die Kurven und Berichte bedeuten, die sie seit Wochen unablässig durchgeblättert hat. Eines Tages wird sie hier an diesem Ort stehen und ins Leere blicken. Die Vorstellung ist umso unerträglicher, als das Szenario bereits im Voraus feststeht und man genau weiß, warum und was auf welche Weise zu tun wäre, und trotzdem niemand etwas tut oder nur so wenig. Sie ist unendlich traurig, sie weint, heftiger noch als über ihre verlorene Liebe. Solastalgie quält sie – die Hilflosigkeit angesichts dessen, was verschwindet.

Aber sie ist siebzehn, und die Tränen versiegen. Sie muss sich bewegen, und zwar nicht nur, um sich aufzuwärmen. Und so packt die Lust zu leben sie wieder, die Lust zu kämpfen, falls nötig, allein gegen alle. Venedig ist noch da, noch ist nicht alles verloren. Léa hat jetzt eine Aufgabe. Sie wird Venedig retten. Der gute Geist der Stadt zu werden, darin sieht sie heute Morgen ihr Schicksal.

»Venedig retten« ist mehr als eine politische Parole, mehr als der Kampf darum, die Denkmäler und Einwohner, die es nicht immer verdienen, über Wasser zu halten. »Venedig retten« ist eine Philosophie, eine Lebenshaltung: die Konfrontation von Wahrheit und Verweigerungshaltung, von Teilen und Hamstern, von Schönheit und Mittelmäßigkeit. »Venedig retten« ist es wert, zum Lebenswerk zu werden, dem ihren. Léa, die kleine Spaziergängerin im schwarzen Mantel, die reglos auf dem Anleger steht, schließt einen Pakt mit der Geschichte.

Sie geht los und läuft am Ufer entlang zurück, den Blick

fest auf die Stadt gerichtet, als wolle sie ihre Entscheidung bestärken. Gedankenverloren geht sie am Zeitungskiosk vorbei, ohne auf die Schlagzeilen zu einer Krankheit aus China zu achten, die gerade in Norditalien ausbricht.

VENEDIG IST UNVERSCHÄMT schön. Das Frühjahr 2020 ist so lind wie kein anderes, seit März ist das Wetter ununterbrochen mild, und der Himmel strahlt in aufreizendem Blau. Ohne Motorengeräusche sind überall Amseln und Mauersegler zu hören. In den sozialen Medien bringen die Leute mit Vorliebe das klare Wasser der Kanäle und die Rückkehr von Fischen oder gar Delfinen zur Sprache. Die wenigen Passanten, allesamt mit Maske, betonen stets, wie glücklich sie über die Ruhe sind, die wieder in die Serenissima eingekehrt ist. Aber hinter den Türen herrschen Angst vor der Krankheit und dem Tod, Unsicherheit angesichts der Zukunft und der Eindruck, dass eine Welt zu Ende geht, der man trotz allem schon nachtrauert. Wut und Kleinlichkeit wachsen, und in manchen Häusern werden Schläge ausgeteilt. Es herrscht die Pandemie.

Bei den Malegatti ist die Frage, wer die Terrasse in Beschlag nehmen darf, zum Streitthema geworden, jetzt, da sie der einzige Ort an der frischen Luft ist, wo man es sich bequem machen kann. Maria Alba versucht, ihre Hollywoodschaukel zu verteidigen, wenngleich mit Unbehagen, denn sie fühlt sich von ihrem Mann und ihrer Tochter beobachtet. Bisher hat sie sich dort hingesetzt, um sich die Fußnägel zu lackieren oder einfach zu schlummern, inzwischen setzt sie sich darin in Szene mit einem Buch in der Hand oder indem sie so tut, als sticke sie. Guido geht in der Wohnung auf und ab, immer mit dem Telefon am Ohr. Léa sitzt im Schneidersitz an die Wand gelehnt, sie zieht sich ins Internet zurück und schirmt sich mit den Kopfhörern gegen die Schmähreden ihres Vaters ab. Sie sehen sich, ohne sich anzuschauen, streifen sich, ohne sich zu berühren. Statt sie einander nahezubringen, hat die Ausgangssperre das Auseinanderbrechen der Familie noch verstärkt. Vorher haben alle beim Abendessen gute Miene zum bösen Spiel gemacht. Jetzt sind sie einander schutzlos ausgeliefert mit ihren Ticks, ihren Fimmeln, ihren Zwängen, die sie nur mit Mühe im Zaum halten können. Corona hat die Unstimmigkeiten zwischen Vater und Tochter besiegelt. Der eine denkt nur daran, so schnell wie möglich zur Tagesordnung überzugehen, die Zeit und das Geld wieder aufzuholen, die vor seinen Augen zerrinnen. Die andere sieht, wie die Welt verdientermaßen untergeht, die ohnehin auf den Abgrund zusteuerte. Sie geraten heftig aneinander und beschuldigen sich gegenseitig, die Augen zu verschließen oder unverantwortlich zu handeln.

Um ihren Sorgen zu entfliehen, vertieft Léa sich wieder in ihr Studium. Sie nimmt sogar an Scherzis Seminar teil, jetzt, wo das von zu Hause aus möglich ist, ohne ihm persönlich zu begegnen. Trotzdem muss sie sich dazu zwingen, und allein der Klang seiner Stimme treibt ihr Tränen in die Augen. Auch zu Simon und seinen Freunden nimmt sie wieder Kontakt auf. Für die Venedig-Aktivisten ist der aktuelle Stillstand die Gelegenheit, von der sie geträumt haben, der »große Wendepunkt« für die »Welt danach«. Wenn die Krankheit in den Hintergrund tritt, darf nichts wieder so werden wie vorher. Venedig war völlig außer Kontrolle geraten, und niemand wusste einen Ausweg, jetzt wird ihnen die Lösung auf dem Silbertablett serviert. Das Gutachten »Venedig retten« hat die groben Linien aufgezeigt. Die sozialen Medien bereiten sich auf den Kampf vor, um sie umzusetzen.

Léa nimmt an allen möglichen Arbeitsgruppen teil: Ausstieg aus dem Massentourismus durch die Besteuerung von Kurztrips; Bau eines Hafens außerhalb der Lagune für eine begrenzte Anzahl an Schiffen; Aufbau eines internationalen Forschungs- und Entwicklungszentrums für Klimawandel und Rettungsstrategien; dadurch entstehende Arbeitsplätze für junge Fachkräfte; Rettung der Lagune und der Barene, der kleinen Inseln im Überschwemmungsgebiet, durch Schließung der großen Kanäle, Entgiftung und mehr Biodiversität ...

Das Thema, an dem sich die Geister scheiden, heißt MO.S.E. Fast fertig, sagen die einen, bis es ausgereift und funktionsfähig ist. Ein Skandal, schreien die anderen, der schon sechs Milliarden gekostet hat und dessen Unterhalt jedes Jahr weitere hundert Millionen fressen wird. Man müsse ihn wieder abbauen, die drei Durchlässe verengen und vor allem die Lagune als funktionierendes Ökosystem in ihrer vollen Größe wiederherstellen. Léa gefällt die Vorstellung der Demontage, die ihren Vater rasend machen würde.

Die drei Einsiedler gönnen es sich jeden Tag, einmal das Haus zu verlassen, jeder zu seiner Zeit. Maria Alba hat es aufgegeben, einen Familienspaziergang anzuregen. Wie durch Zufall sind ihr Mann und ihre Tochter nie gleichzeitig greifbar.

Léa wählt den späten Vormittag. Normalerweise wimmelt es um diese Zeit auf den Straßen. Anfangs löst die Ruhe ein befremdliches Gefühl in ihr aus, wie eine vage Bedrohung. Wozu ist eine Stadt gut, wenn die Menschen daraus verschwunden sind? Dabei sind sie ja da, haben sich nur verkrochen. Sie hört sie durch die offenen Fenster, sieht sie auf den Balkonen, von wo aus manche ihr etwas zurufen, und atmet den Geruch von Essen oder Konfitüre ein. Doch auf dem glatt gelaufenen Kopfsteinpflaster hallen nur ihre eigenen Schritte wider. Als sie das Angstgefühl überwunden hat, gewöhnt sie sich an die Ruhe und freut sich schließlich darüber. Obwohl sie es so geliebt hat, durch Venedig zu streifen, bemerkt sie jetzt, dass sie nicht gut hingeschaut hat, nicht besser als eine Touristin. Nur ein kleines Stück von ihrem Haus entfernt gibt es einen Erker, der ihr bislang entgangen ist, Greiskräuter und Beifuß, die aus Mauern wachsen, eine Tür mit rissiger Verkleidung wie ein Patchwork aus verschiedenen Farben, das in einer Ausstellung moderner Kunst nicht weiter auffallen würde.

Im enger gewordenen Raum dehnt sich die Zeit aus. Vorerst macht Léa es sich unter der größten Pinie auf dem Campo San Trovaso bequem, wo sie schon als kleines Kind gespielt hat, und faulenzt ein wenig. Aber die Polizei erlaubt nur Rundgänge. Mithilfe einer kleinen Akrobatikeinlage zwischen dem Rio und einer Mauer kann sie sich hinter dem Palisadenzaun der alten Gondelwerft verstecken. Die schräge Fläche mit den gestrandeten Booten, die daliegen wie Wale, fasziniert sie. Als die Ausgangssperre verhängt wurde, haben die Handwerker die Gondeln auf die Schnelle mit Stoffen abgedeckt, damit sie nicht austrocknen und keine Risse bekommen. Das hat etwas von einem Begräbnis, was gut zur Stille passt. Léa setzt sich mit dem Rücken an die von der Sonne aufgeheizten Holztüren und betrachtet in aller Ruhe die mit Flecken und Kerben übersäten Gestelle, das Durcheinander aus Seilen, Rettungsringen und rostigen Schiffsbugen. Die Werkstatt strahlt Beständigkeit aus und wirkt beruhigend. Mitten in einem heute touristischen Viertel gibt es noch immer Leute, die mit einem Hobel arbeiten. Eine Amsel zwitschert ununterbrochen in einem der verborgenen Gärten, wie es sie nur in Venedig gibt. Sie regt zu Unbeschwertheit und Leichtigkeit an, zum Loslassen. Léa schließt die Augen und träumt vor sich hin von einem Leben, das mit wenig auskommt und im langsamen Takt einfacher Dinge vergeht. Manchmal beneidet sie ihre Mutter um ihre Gelassenheit, um die Gabe, sich auf ihre Schaukel zu konzentrieren, ihren Weg zu gehen, ohne sich über eine Welt aufzuregen, die sich verändert. Léa öffnet die Augen wieder, das Wasser des Rio war noch nie so grün, beinahe fluoreszierend. Eine Ente und ihre Küken paddeln vorüber und ziehen ein perfektes V auf dem Wasser hinter sich her. Dann ist der anmutige Moment vorbei. Die Ausgangssperre legt es nahe, sich zu verschanzen, zu verzichten, ein bisschen wie Sterben, und das will sie nicht. Mit verschwitztem Rücken und sonnengeröteten Wangen steht sie auf. Sie muss sich bewegen und kämpfen.

Guido hat zunächst über die Ausgangssperre geschimpft. Er hat sich wahnsinnig über ein paar Beamte im Gesundheitsministerium aufgeregt, die sich wichtigmachen wollten ohne jegliches Verständnis für die wirtschaftlichen Folgen. Aber wie alle anderen hat auch ihn der explosionsartige Anstieg der Todeszahlen beunruhigt. Dann meinte er grummelnd, Venedig sei auf gesundheitsschädlichem Sumpf gebaut und seit jeher Knotenpunkt der Völker gewesen, und trotzdem habe es noch jede Pest überlebt, ohne sich abzuschotten, ob Beulenpest oder irgendeine andere. Aber Bürgermeister Zongi hielt ihm entgegen, ein Leben habe heutzutage eine andere Bedeutung als im 16. Jahrhundert und das Sicherheitsbedürfnis der Bürger und übrigens auch Wähler habe Vorrang.

Seitdem ist Guido als Wirtschaftsrat ganz vorn dabei. Ihm

kommt die Aufgabe zu, den Schock in einer Stadt abzufedern, die um achtzig Prozent ihrer Einkünfte gebracht wird. Diese Verantwortung spornt ihn an und macht ihm gleichzeitig Angst. Er hat sich selbst eine Ausnahmegenehmigung bewilligt, mit der er ins Rathaus gehen kann, aber in der leeren Stadt unterwegs zu sein deprimiert ihn. Er hat Mitleid mit den eingeschlossenen Leuten, die nicht nur von ihrer Existenzgrundlage abgeschnitten sind, sondern auch von der Freude, die die Venezianer in sich tragen, wenn sie rausgehen, miteinander reden, laufen und tanzen. Er erinnert sich an die Angst, die er als Kind vor einem vom sowjetischen Feind angezettelten Atomkrieg hatte. Es war von furchterregenden Bomben die Rede, die die Menschen töten, aber die Infrastruktur unbeschädigt lassen würden. In gewissem Sinne ist genau das jetzt der Fall!

Darum geht er lieber auf der Terrasse im Kreis herum und handelt am Telefon finanzielle Unterstützungen von der Region Venezien und dem Staat aus, damit Geschäfte und Unternehmen überleben, vor allem sein eigenes. Er hat sich dazu durchringen müssen, Léa um Hilfe zu bitten und ihm seinen Computer für die Videokonferenzen einzurichten. Guido ist und bleibt ein Mann des direkten Kontaktes und des gedruckten Wortes, ein »Boomer«, wie seine Tochter sagte, als sie ihm widerwillig half. Es fehlt ihm, seinem Gesprächspartner tief in die Augen zu sehen, zu prüfen, ob dessen Hände zittern, ihn zu riechen. Ebenso kommt er nicht ohne ausgedruckte Texte, Randnotizen und Unterstreichungen aus. Aktenstapel gehören für ihn dazu, sind ein Zeichen dafür, dass er nützlich ist. Also verteilt er seinen Papierkram auf der Terrasse, vergisst ihn abends und findet ihn am nächsten Tag von Feuchtigkeit gewellt wieder.

Seine Nachlässigkeit hat unvorhergesehene Folgen. Mehrmals hört Léa, wie ihr Vater die Insel Poveglia erwähnt. Anfangs nimmt sie nicht weiter Notiz davon, während sie in ihre eigenen Dinge vertieft ist. Aber der Name lässt keinen Venezianer gleichgültig. Über die Insel, nur einen Steinwurf vom Lido entfernt, ranken sich unzählige Geschichten. Man muss nur mit dem Vaporetto an der bewaldeten Insel entlangfahren, auf der der Wildwuchs an den großen Gebäuden mit den klaffenden Fensteröffnungen nagt, damit die eigene Fantasie entfacht wird. Die Legende berichtet von Zehntausenden zusammengepferchten Pestkranken, von derart vielen Toten, dass ihre Asche die Erde dunkel färbte, und von einer Psychiatrie, in der ein irrer Wissenschaftler grausame Experimente durchgeführt haben soll, um schließlich selbst den Verstand zu verlieren und sich oben aus dem Turm zu stürzen. Das unheilvolle Poveglia, »die Spukinsel«, so heißt es auf den sensationslüsternen Websites, die auf Übernatürliches erpicht sind. Nüchterner betrachtet hat die Insel im 19. Jahrhundert als Rückzugsort für die Vertrauten eines ermordeten Dogen hergehalten. Wein und Salz ließen die Insel gedeihen, auf der bis zu zweihundert Familien lebten, und ihre Festungsanlagen trugen zum Schutz der Lagune bei. Ihr Niedergang nach dem Krieg gegen Chioggia im 14. Jahrhundert führte dazu, dass die Insel für die Quarantäne von Seeleuten und Waren genutzt wurde, und wenn im 18. Jahrhundert Schiffe pestverdächtig waren, gab es nie viele Ansteckungen. Und was das Hospital Anfang des 20. Jahrhunderts betrifft, so war es mitnichten eine Psychiatrie, sondern ein ganz normales Erholungsheim. Dass Poveglia nach wie vor ein heikles Thema für Venedig ist, liegt weniger an denen, die gern auf Gespensterjagd gehen, als vielmehr daran, dass der italienische Staat als Eigentümer im Jahr 2014 versucht hat, die Insel zu veräußern. Als ein ominöser potenzieller Käufer sie für eine halbe Million Euro in ein Luxushotel umgestalten wollte, reichte die Bürgerinitiative »Poveglia für alle« mit mehr als dreitausend Teilnehmern einen Antrag ein, um dort ein Naturschutzgebiet und einen Gemeinschaftsgarten anzulegen. Die Konzession an den potenziellen Käufer wurde schließlich von der staatlichen Immobilienagentur rückgängig gemacht, die mit dem Deal beauftragt war, und es stellte sich heraus, dass der mysteriöse Investor kein anderer war als Bürgermeister Zongi höchstpersönlich. Poveglia verwilderte weiter, ist aber seither ein Symbol für die beiden gegensätzlichen Visionen für Venedigs Zukunft.

Eines Abends hört Léa, wie ihr Vater wieder einmal von einem Hotelprojekt spricht.

»Wenn Corona vorbei ist, müssen wir den Rückstand aufholen, Venedig muss wieder ins Gespräch kommen«, sagt er am Telefon zum dicken Paolo Ventin. »Eine Geisterinsel, das regt die Fantasie an. Es ist Platz genug für mindestens hundert Zimmer. Als Tourismusbeauftragter kannst du mir bei der Versteigerung helfen. Zongi hat sich extrem ungeschickt angestellt, aber ich werde alle Investoren an Land ziehen, die du willst …«

Léa tut so, als sei sie vollkommen auf ihr Tablet konzentriert, stellt aber die Kopfhörer aus und spitzt die Ohren, während ihr Vater wild gestikuliert. Am nächsten Tag, als Guido im Rathaus ist, nutzt sie die Gelegenheit und durchsucht den Rechner ihres Vaters, dessen Passwort sie kennt. Anschließend stöbert sie in den Papieren, die im Wohnzimmer herumliegen, bis sie auf das typische Gekritzel ihres Vaters zum gesuchten Thema stößt.

Poveglia ist durch einen schmalen Kanal in zwei kleine Inseln geteilt. Auf dem Papier ist der Teil, auf dem nach wie vor Gebäude stehen, von lauter nummerierten Rechtecken bedeckt, die Léa als geplante Unterkünfte interpretiert, auf dem anderen Teil der Insel liest sie: »Pool«, »Tennis«, »Spa«, »Bar« ... Auf weiteren Dokumenten tauchen Berechnungen auf, die mehrmals durchgestrichen sind, als ob Guido das Budget jedes Mal, wenn er es sich wieder vorgenommen hat, neu angepasst hätte. An anderer Stelle findet sie Kontaktlisten, unterstrichene Namen, Notizen wie »OK«, »nein«, »Termin vereinbaren« ..., die zeigen, dass ihr Vater bereits im Angriffsmodus ist.

Léa meldet ihren Erfolg noch am selben Abend ihren Mitstreitern in der WhatsApp-Gruppe. Der Gegenangriff formiert sich. Das Ringen um die Insel ist ein gutes Heilmittel gegen den Liebeskummer. Léa lebt wieder auf, und das Ende der Ausgangssperre platzt fast zu schnell in ihre Abläufe zwischen Distanzunterricht, Siestas auf der alten Werft und dem Austausch mit den Aktivisten.

Maria Alba verlässt das Haus lieber gegen Abend, wenn das Licht sich golden färbt. Sie mag das Gefühl, dass die Stadt aus Stein sich mit Sonne vollgesogen hat und wie ein Tier langsam eindöst. Vor der Pandemie ist ihr diese Stunde von lauten Menschenmengen auf Restaurantsuche geraubt worden. Sie erobert sich die kleinen Gassen rund um die Basilika Santa Maria della Salute und die Promenade der Zattere zurück. Auch ihr fällt die Farbe des Wassers auf, sie hört das Rascheln der Tauben und das Knarren des Rollgitters am Lebensmittelladen, der gerade schließt. Es sind die Geräusche ihrer Kindheit, an die sie sich kaum noch erinnerte. Ihr Venedig hat zur alten Gemächlichkeit zurückgefunden. Normalerweise kauft sie nicht selbst ein und hat gar nicht bemerkt, dass es nur noch so wenige Lebensmittelläden gibt. Die Souvenirläden gehen ihr auf die Nerven, obwohl sie geschlossen sind.

Die menschenlose Stadt irritiert sie wie alle anderen und erscheint ihr verwahrlost. Die vielen Menschen haben die Graffiti verdeckt, die lockeren Steine, die Risse und bröckelnden Mauern. Jetzt fallen ihr die ewig unvollendeten Baustellen direkt ins Auge, die wackeligen Gerüste, von denen dreckige Planen herabhängen, die Stützen, die Querbalken, die Türen und Fenstern Halt geben wie alte Krücken.

»Mein armes Venedig, du bist genauso verblüht wie ich«, denkt sie verbittert.

Sie ist schockiert darüber, wie die Stadt verwildert. Sie zuckt zusammen, als sie mitten am helllichten Tag eine Rattenfamilie herumstöbern sieht, ärgert sich über den Vogelkot, ist angewidert vom zu grünen Efeu, der sich über die rosa Fassaden zieht, von den langen Algenfäden, die den unteren Teil der Mauern und Uferstraßen überwuchern. Sie sieht den Tod in diesem Verfall. Venedig wird wieder Sumpfgebiet und Wildnis. Wer schenkt der Stadt echte Aufmerksamkeit? Wer nimmt den ständigen Kampf wieder auf, das Gleichgewicht zwischen Wasser und Bebauung herzustellen, den Hunderte Generationen geführt haben? Wer interessiert sich noch für die Serenissima, wenn es nicht um Gondelfahrten geht?

Maria Alba hat wieder ihre Tochter vor Augen, die eine Fahne mit der Aufschrift »Venedig statt Veniceland!« schwenkt, und findet einen wahren Kern darin. Sie lächelt vor sich hin beim Gehen: Regt sich da etwa Auflehnung auch in ihr?

Das Ende der Einschränkungen ruft keinen Freudentaumel hervor. Die Bewohner nehmen die Straßen schüchtern wieder in Besitz. Sie blinzeln wie Eulen im Licht und tauschen Banalitäten über die Rückkehr zur Normalität aus. Aber alle merken sehr wohl, dass nichts mehr normal ist. Die Kanäle liegen noch immer ruhig da, über das Kopfsteinpflaster klackern keine Koffer, die Nippes-Verkäufer geben sich nicht einmal die Mühe, ihre Buden aufzusperren, und nur einige wenige Gondeln sind nicht mehr abgedeckt. Die Straßen sind kaum belebt. Léa hat mitten am Vormittag fünfzehn Personen auf dem Markusplatz gezählt. Manche sind auf dem Weg zur Arbeit, andere kaufen ein oder gehen mit ihren Kindern spazieren. Das sind die Venezianer. Wenngleich in den Unterhaltungen die Freude über solch berückende Momente zum Ausdruck kommt, sehnen sich doch insgeheim viele schon nach der lärmenden Masse, damit die Hotels, die Pizzerien und Geschäfte wieder öffnen. Die Stadt ist wie schwerelos, und ihre Einwohner waren innerlich noch nie derart gespalten.

Familie Malegatti driftet mehr als je zuvor in unterschiedliche Richtungen. Guido und Léa radikalisieren sich in gewisser Weise beide. Der Vater will unbedingt dafür sorgen, dass die Wirtschaft wieder aufholt oder sogar noch mehr anzieht, wie jemand, der gerade dem Tod von der Schippe gesprungen ist und seinen Lebenshunger neu entdeckt. Er ist kribbelig vor Ungeduld, wenn er sieht, wie wenig auf dem Canal Grande los ist und wie die Händler lustlos in ihren Buden sitzen, die ihm auf einmal altmodisch erscheinen. Es muss mehr passieren, und zwar schnell, um die Stadt aus dem Dornröschenschlaf zu wecken. Seine Aufgabe besteht darin, den Wohlstand zurückzubringen, das Blatt zu wenden, damit Venedig nicht zu einer rückwärtsgewandten Stadt wird, deren schöner Schein nur trügt. Die Welt wird sich rasch weiterdrehen, immer schneller, man muss wieder Tempo aufnehmen, um die Bedürfnisse sofort zu befriedigen und kein leeres Versprechen zu sein. Wer weiß, woher der nächste Schlag in dieser durcheinandergeratenen Welt kommt. Welche Finanzkrise, welche unbekannten Rohstoffe, welcher verkannte Staat, welches Fieber oder Erdbeben, welche Überschwemmungen oder Kometen, welches Sandkorn im Getriebe der vernetzten, globalisierten Welt sonst noch alles auf den Kopf stellen wird? Sein bäuerlicher Atavismus flüstert ihm ein, auf das Unvorhergesehene gefasst zu sein, jetzt Reserven anzulegen und die Ernte einzufahren, um bereit zu sein für schlechte Zeiten.

Léa ist genau wie ihr Vater davon überzeugt, dass Corona ein Krisenzeitalter einläutet, doch sie zieht daraus gänzlich gegenteilige Schlüsse. Veränderung ist dringend nötig. Die Pandemie ist lediglich ein Vorgeschmack auf das, was die verrückt gewordene alte Erde noch erwartet, eine Warnung. Das Drama muss eine Vollbremsung auslösen. Rundherum ist alles zugrunde gegangen, hat sich aufgelöst und ist langsam vor sich hin gestorben, ohne dass sich viele Leute darüber aufgeregt hätten. Venedig ähnelt den aussterbenden Arten, deren traurige Liste immer länger wird. Jetzt, wo die Stadt vom kopflosen Tourismus befreit ist, hat sie die einmalige Gelegenheit, aus der teuflischen Spirale auszubrechen. Wandel unmöglich? Kein Geld? Ein abseitiger Organismus, kleiner als ein zehntausendstel Millimeter, hat bewiesen, dass innerhalb von ein paar Tagen alles über den Haufen geworfen werden kann und durchaus Geldmittel zur Verfügung stehen. Man muss die Gelegenheit beim Schopfe packen und »die Welt danach« ins Auge fassen. Venedig kann zu einem Symbol dafür werden. Weil die Stadt die Profitgier auf die Spitze getrieben hat, trägt sie die Verantwortung, das Gegenmodell zu erfinden.

Maria Alba fühlt sich am Ende der Ausgangssperre zwanzig Jahre älter. Sie vermisst bereits die ruhige Stadt, die sie in ihre Jugend zurückversetzt hat. Sie hat die Ratten und die Exkremente vergessen und erinnert sich nur noch an das langsame Verstreichen der Tage, das so gut zum ruhigen Wasser der Kanäle passte. Venedig hatte die besonnene Würde zurückerlangt, auf die sich in Maria Albas Vorstellung der Ruhm der Stadt gründet. Das geschäftige Treiben ist abscheulich in seiner Maßlosigkeit. Jetzt, wo Maria Alba die Serenissima erneut genossen hat, mag sie sich nicht mehr auf der Terrasse verschanzen. Und die digitale Welt, in die sich ihre Tochter und ihr Mann geflüchtet haben, bleibt ihr fremd und raubt ihr die Familie. Ihre Versuche, alle durch lukullische Spezialitäten wieder zusammenzubringen, sind gescheitert. Die »Calls« waren offenbar immer dringender als die frittierten Krebse und marinierten Artischocken. Sie hört, was die beiden an ihren Geräten reden, aber sie versteht sie nicht mehr. Sie hatte geglaubt, Léa einen Sinn für Zeit und Traditionen mit auf den Weg gegeben zu haben, und hat stattdessen eine ungeduldige Jugendliche vor sich, die wie besessen ist vom Wandel.

Während der Ausgangssperre hat sie versucht, eine neue Verbindung zu ihrer Tochter aufzubauen, eine Brücke zu schlagen von Frau zu Frau. Der Liebeskummer, den sie ahnte, hätte Gelegenheit für ein heimliches Einverständnis bieten können. Eines Morgens nahm sie all ihren Mut zusammen, trat in Léas Zimmer und setzte sich wortlos aufs Bett. Léa, mit dem Rücken zu ihr über den Schreibtisch gebeugt, fragte nur:

»Was willst du, Mama?«

Maria Alba wusste keine Antwort. Sie wollte Léa in den Arm nehmen, wollte Geständnisse, Tränen an ihrer Schulter, wieder die Verbindung zwischen ihnen spüren, die ihr entgleitet und sie einsam zurücklässt. Das Schweigen hielt an. Léa drehte sich um.

»Und?«

Léas Ton war leicht genervt, und Maria Alba schämte sich.

»Nichts, mein Schatz, ich wollte nur schauen, ob es dir gut geht, es ist so schwer mit der Ausgangssperre …«

»Alles gut, mach dir keine Sorgen, ich hab viel zu tun.«

Maria Alba trat den Rückzug an, übermannt von ihrer eigenen Nutzlosigkeit.

Tatsächlich hätte sie sich keine Sorgen um ihre Tochter machen müssen. Während der Ausgangssperre ist Léa hinter verschlossenen Türen erwachsen geworden. Sie ist als junge Studentin hineingegangen, die so romantisch war, dass sie ihre Wange an alte Steine schmiegte, und heraus kommt sie als Kämpferin. Sie fühlt sich wie ein Schmetterling, befreit von seinem Kokon.

Sie ist wieder zur alten Gondelwerft gegangen, die Tür zum Schuppen steht offen, und aus der Dunkelheit dringen das einsame Hin und Her einer Handsäge und der Geruch von frisch geschnittenem Holz. Ein Mann hat die Arbeit wiederaufgenommen, als hätte er ganz einfach eine Pause gemacht. Léa traut sich nicht, ihn zu stören. Sie fühlt sich eigenartigerweise verantwortlich für die Friedlichkeit des Ortes, für den Handwerker, der sich über sein Werkstück beugt, für die Stadt, die überlebt. Weiß der Mann hier wohl, dass vielleicht schon irgendwelche Bauherren wie ihr Vater nach den paar Quadratmetern schielen, auf denen er arbeitet? Sie hält sich an dem Gedanken fest, dass der Kampf gerade erst beginnt und dass der erste Schritt Poveglia heißt.

SIE HABEN SICH EINEN nebligen Tag ausgesucht, um unbemerkt hinüberzufahren, und verstecken das Schlauchboot in dem schmalen Kanal, der die Insel in zwei Teile teilt. Léa hat die Gebäude mit den zerbrochenen Fenstern schon hundertmal gesehen, sie sind von rostigen Gerüsten eingezäunt, die sie nur mit Mühe am Einstürzen hindern. Poveglia gilt als gefährlich, weshalb es verboten ist, sich dort aufzuhalten, aber es ist allgemein bekannt, dass hier unerlaubte Partys stattfinden und Geisterfans nach dem großen Nervenkitzel suchen. Léa, Simon und seine neue Freundin Cristina springen über die klapprige Holzbrücke.

Im Norden entdecken sie nur ein paar Pfade, die sich im nachwachsenden Wald verlieren, dessen Wurzeln ihre Nährstoffe mutmaßlich aus den Tausenden Leichen der hier begrabenen Kranken ziehen. Das brachliegende Gelände scheint verlassen, abgesehen von prächtigen Spinnweben voller Tröpfchen, die im Wind schaukeln.

Auf der Südinsel führen Wege unter das gewölbte Blätterdach der Bäume, von denen Lianen und Epiphyten herunterhängen und sie zwingen, sich wie Verschwörer zu ducken. Das graue Tageslicht fällt kaum herein. Der Wind dringt nicht hindurch. Sie spüren die Schwerkraft und sind ganz stumm. In diesem pflanzlichen Magma kann man sich nicht vorstellen, dass nur wenige Kilometer entfernt das Herz eines der weltweit größten Touristenziele schlägt.

Sie stolpern über Bauschutt und Schrott, der immer mehr wird und darauf schließen lässt, dass sie sich den Gebäuden nähern. Im Gestrüpp tauchen Mauerstücke auf. Seit mehr als fünfzig Jahren hat die beharrliche Natur sich hier wieder breitgemacht und sich über das Werk des Menschen hinweggesetzt. Die großen Efeustängel bilden ein Netz aus haarigen Adern über dem Mauerwerk. Zweige schließen sich um die Öffnungen, heben Dächer und Böden an, reißen den Putz heraus und zertrümmern die Ziegelsteine. Drinnen haben vor allem Vandalen ihr Werk hinterlassen, indem sie Türen, Balken und Waschbecken herausgerissen, ihre Tags hingekritzelt, vermutlich aus Spaß hier ein Fenster, da einen Schrank aufgebrochen und Rußspuren von einem nächtlichen Feuer hinterlassen haben. Durch den Einsturz eines Teils des Daches ist der Boden mit lauter Dachziegeln, Holz, Glas und verrostetem Metall übersät. Es riecht nach Keller. Da und dort erinnert eine alte Matratze, eine Badewanne mit Löwenfüßen oder eine Reihe Bettgestelle aus Eisen daran, dass hier einst ein Krankenhaus untergebracht war, und in der Endzeitstimmung fällt es nicht schwer, sich abscheuliche medizinische Eingriffe auszumalen.

Die jungen Leute spielen mehr als zwei Stunden lang Entdecker und rufen sich gegenseitig herbei, um sich ihre Funde zu zeigen: die Kantine, die Waschküche, einen Ruheraum, die Schlafzimmer ... Dann lassen sie sich erschöpft an der Südseite auf der Wiese vor dem Gebäude nieder. Der Nebel, der noch immer in der Luft hängt, schluckt die Geräusche und verwischt den Lido, obwohl er ganz nah ist. Sie haben hier ein Schmuckstück aufgetan, ein Heiligtum.

»Nur sechs Kilometer von einem der weltweiten Touristen-Hotspots entfernt«, meint Simon. »Dein Vater hat schon recht damit, den Verkauf der Insel wieder zur Sprache zu bringen. Sie ist Gold wert!«

Léa braucht diese Bestätigung nicht. Sie kennt Guidos Geschäftssinn. Während sie durch die Ruinen geschlendert sind, hat sie sofort erkannt, wie gut das Projekt hierher passt: ein Luxushotel wie auf der Insel San Clemente, wo man in der alten Psychiatrie heute eine vornehme Klientel empfängt. Sie knirscht mit den Zähnen. Auf der einen Seite pfercht man Leute mit wenig Geld zusammen und bietet ihnen eine lieblose Stadtbesichtigung an, auf der anderen Seite baut man eine weitläufige Unterkunft, einen einzigartigen Ort, der von einer unheimlichen Vergangenheit umwittert ist und den Luxus bietet, die Stadt genießen und sich gleichzeitig zurückziehen zu können. Für beide Fälle gilt: Wann bezieht man die Einwohner ein, und zwar nicht nur, um ihnen einen Sklavenjob anzubieten? Sie denkt an den Handwerker in der Gondelwerft. Venedig gehört ihm.

Kämpfe leben von Symbolen, und Poveglia eignet sich perfekt als solches. Während Léa die riesigen Gebäude betrachtet hat, ist ihr nicht aufgefallen, dass der Putz in großen Stücken wie Schorf bei Leprakranken von den Wänden blättert, sie hat das wurmstichige Holz nicht gesehen und die Treppen ohne Geländer, sondern die Möglichkeit einer anderen Welt.

»Was für ein genialer Ort! Was man hier mit einer Bürgerverwaltung alles machen könnte … Einen Ort zum Spazierengehen für alle, ein Ferienheim für benachteiligte Kinder.«

»Ein Teil könnte als Forschungszentrum zur Lagune genutzt werden.«

»Eine Segelschule.«

»Ein Frauenhaus.«

»Ein selbstverwaltetes Restaurant.«

»Bioanbau.«

Den Blick ins Unbestimmte gerichtet, erfinden drei junge Menschen die Welt neu. Eine gute Stunde lang entwerfen sie Strategien, denken darüber nach, mit wem sie sich verbünden könnten, und sehen sich schon als Anführer einer Bewegung, die sich nach dem Vorbild von Greta Thunberg über die ganze Welt ausbreitet. Eines Tages wird man vielleicht sagen, dass alles von Venedig und diesen dreien ausgegangen ist.

Der Nebel wird trüber, und die Feuchtigkeit kriecht ihnen langsam in die Kleidung. Zwischen den schwachen Lichtern vom Lido und von Venedig bleibt Poveglia im Dunkeln. Ein Niemandsland, ein Ort für Träume, für Freiheit, ein Schlupfwinkel für Piraten vor den Toren der Welt.

Léa spricht aus, was sie alle fühlen: »Warum ziehen wir nicht einfach hierher?«

AM 17. JULI WIRD LÉA achtzehn Jahre alt. Maria Alba hat unruhig die Tage gezählt, als könne irgendeine Katastrophe sie um diesen Moment bringen, von dem sie sich einen Fortschritt für die Familienversöhnung erhofft. Sie spielt mit dem Gedanken, ein großes Fest zu veranstalten. Es gehört zur Tradition der Stadt, bei solchen Gelegenheiten im Luxus zu schwelgen, alles im Überfluss anzubieten und damit die erlesenen Gäste in Staunen zu versetzen. Ganz Europa schwärmt seit jeher davon und verbreitet überall den Mythos: Venedig ist ein Fest. Für die Venezianer gehören solche Feste zur Kunst des Regierens. Die Menschen zu bezaubern ist eine Eroberungsstrategie, seinen Reichtum offen zur Schau zu stellen setzt voraus, dass es irgendwo volle Tresore gibt. Bündnisse, Verrat, Liebe und Spionage gedeihen besser inmitten von Gold und Parfum. Im Leben der berühmten Familien setzen solche Gelegenheiten besondere Akzente, bei denen Geschäfte und zukünftige Hochzeiten ausgehandelt werden. Wann hat der letzte große Empfang in der Familie Dandolo de Castello stattgefunden? Bei ihrer eigenen Hochzeit vor mehr als zwanzig Jahren! Abschottung und Angst während der Pandemie haben etwas von der Leichtigkeit und Sorglosigkeit zerstört, die früher in den Palästen herrschten. Was könnte besser dagegen helfen, als sich wieder in die heitere Maßlosigkeit zu stürzen, die die Menschen auf allen Ebenen zutiefst berührt?

Die Hollywoodschaukel quietscht ein bisschen, wenn Maria Alba sich mit dem Fuß Anschwung gibt. Sie wirbelt in einem großen Saal herum. Sie tanzt Walzer, vollführt Drehungen, wirft den Kopf zurück und lacht. Wie lange schon hat sie nicht mehr gelacht? Auch ihre Tochter kommt in diesem Traum vor, sie ist so schön mit ihrem schwarzen Haar und dem blassgelben Kleid, sie ist ganz überwältigt von dem Fest, vergisst ihre Wut und lässt sich umwerben. Auch Guido ist glücklich, stolz auf seine Frauen und besänftigt, weil er ihnen diesen Luxus bieten kann. Er gibt Léa einen Kuss.

»Nicht nötig, Mama, du weißt, dass mir mein Geburtstag egal ist, ich will keinen Rummel darum machen.«

Der Traum zerplatzt, das Fest ist aus, noch bevor es angefangen hat. Die Lichter erlöschen, die Schaukel quietscht noch immer und wiegt Maria Alba sanft in ihrer Enttäuschung.

Tatsächlich zählt auch Léa die Tage bis zu ihrer Volljährigkeit, oder besser, bis zu ihrer Freiheit. Das Haus und seine Bewohner sind ihr immer gleichgültiger, ein Vater, mit dem sie nicht mehr spricht, und eine Mutter, die sie für nichtig hält. Seit ein paar Wochen heckt sie mit Simon und einer kleinen Gruppe den Plan aus, sich auf Poveglia einzuquartieren. Für alles andere hat sie keinen Sinn. Sie streift durchs Haus, sitzt bei den Mahlzeiten am Tisch und antwortet gereizt, wenn man sie anspricht, als störe man sie. Sie fühlt sich wie in einem Schattentheater. Selbst ihre Art, sich in der Wohnung zu bewegen, wirkt gezwungen, ihre Gesten sind verhalten, und ihr Blick geht ins Leere.

Maria Alba kann diese in ihren Augen letzte Gelegenheit nicht ungenutzt verstreichen lassen, sie muss noch einen Rettungsversuch starten, wie mit einer Flaschenpost. Nachdem sie auf ein großes Fest verzichtet hat, hat sie sich für ein

Abendessen zu dritt entschieden und dafür alles bestellt, was die venezianische Küche an traditionellen Speisen zu bieten hat. Sie setzt darauf, dass der Geschmack der Kindheit die Sehnsucht nach Familienfrieden mit sich bringen wird. Wenn schon kein großer Empfang, dann zumindest ein Moment der Rührung, in dem sie sich gemeinsam an lustige Begebenheiten und wichtige Stationen im Leben des Mädchens erinnern, das jetzt eine Frau ist.

Wie es ihre Art ist, plant sie sorgsam jedes Detail für den Abend. Der Tisch ist prächtig gedeckt. Dem klassischen feinen Porzellan, dem Silberbesteck und dem Baccarat-Kristall entspricht die Fülle der Speisen. Sie hat alle möglichen Antipasti bestellt, Unmengen an Tramezzini stapeln sich wie für ein ganzes Regiment, kleine dreieckige Sandwiches mit Kabeljaucreme, mit Paprika und Oliven. Dazu Schälchen mit frittierten Krebsen, Artischocken von der Insel Sant'Erasmo, Tintenfisch in eigener Tinte und vor allem Sarde in saòr, süßsaure Sardinen, nach denen Léa mittlerweile ganz verrückt ist, nachdem sie sie als Kind verabscheut hat. Anschließend hat Maria Alba sich für Reissuppe mit Kichererbsen entschieden, ursprünglich ein Armeleuteessen, das inzwischen in Mode gekommen ist. Als nächsten Gang hat sie nach langem Zögern ein Risotto di Gò geplant, mit den kleinen Fischen aus der Lagune, die wegen Überfischung selten geworden sind. Sie hat ganz Venedig abgeklappert, um die besten Feinkostlieferanten auszuwählen, und sich selbst in die Küche gestellt. Sie rührt die Saucen mit solch abergläubischer Sorgfalt, als wäre jedes Klümpchen ein schlechtes Omen.

Sie wählt ein locker gerafftes altrosa Seidenkleid und lediglich ein paar originelle Ohrringe, um nicht zu fein zu erscheinen. In ihrem tadellosen Kleid steht Maria Alba vor dem tadellosen Tisch und hat auf einmal ein ungutes Gefühl. Guido hat gerade eine Nachricht geschickt und mitgeteilt, dass er sich verspätet. Léa hat sich nicht aus ihrem Zimmer herausbewegt und offenbar nicht vor, sich auch nur frischzumachen.

Am Ende wird das Essen ihren Erwartungen gerecht. Diverse Anekdoten und viel Lächeln (oder sind es die einfachen, aber köstlichen Speisen?), Valpolicella und strohgelber Soave bewegen Vater und Tochter dazu, sich auf das Spiel einzulassen. Sie schließen zwar keinen Frieden, aber es herrscht Waffenruhe. Von Zeit zu Zeit macht sich Schweigen breit, und alle drei konzentrieren sich auf das flüchtige Glück, ein ganzes Feuerwerk an Gewürzen und vergessenen Aromen zu schmecken. Die orange Abendsonne fällt über die Terrasse herein. Sie verbreitet sanfte Wärme, färbt die kleinen Brote und die in Öl eingelegten Sardinen golden und lässt den Wein in den Karaffen leuchten. Keiner von ihnen kann dem wohligen Gefühl widerstehen, das den Verstand träge werden lässt.

Das Dessert ist traditionsgemäß eine Zusammenstellung aus knusprigen Keksen, Mürbegebäck, Nougat und Zaletti, die ein Muss sind und angeblich Glück bringen. Einzig der Champagner ist ein Verstoß gegen die kulinarischen Sitten. Sie knabbern an den kleinen Leckereien, erinnern sich, wie erwartet, an einen Witz, ein besonders schönes Weihnachtsfest, ein Picknick auf Sant'Erasmo, das im Regen endete, an all das, was eine glückliche Familie zusammenhält.

Maria Alba verlässt kurz den Raum, und als sie zurückkommt, ist sie aufgeregt wie ein Teenager. Liegt es daran, dass sie zu viel Wein getrunken hat?

»Mein Schatz, dein Vater und ich haben ein besonderes Geschenk zu diesem großen Tag.«

Sie hat Wochen darauf verwendet, es auszusuchen, und

Guido gegenüber darauf beharrt, der es viel zu teuer fand. Sie reicht Léa ein langes, flaches Kästchen aus Ebenholz, in das ein Silberfaden eingelassen ist.

»Also«, fährt sie fort und will möglichst unbeschwert klingen, »das hier war früher ein Geschenk für frisch verheiratete Frauen, das ihnen Glück bringen sollte …« Scherzhaft fügt sie hinzu: »Natürlich heiraten die meisten nicht mehr. Aber wer weiß, vielleicht bringt es dir ja Glück dabei, den Mann deines Lebens zu finden.«

Das Schmuckstück in der Schatulle ist prachtvoll. Acht Reihen winziger Silberperlen umschließen einen Aquamarin von der Größe eines Fingergliedes. Zierlichkeit und Anmut der Kette verleihen dem Stein etwas Ungeschliffenes, Erdverbundenes. Auf Léas dunkler Haut wird er mit Sicherheit hinreißend aussehen. Das Silber ist ein wenig matt, es handelt sich also um eine echte Antiquität. Wie viele Hälse zitternder oder sorgloser Ehefrauen mag sie wohl schon geschmückt haben? Wie viele Frauengenerationen haben sie schon weitergereicht, bis sie veräußert werden musste, weil die Familie bankrottging?

Verlegen betrachtet Léa das Schmuckstück. Sie spürt die Blicke ihrer Eltern auf ihren Schultern lasten. Sie erwarten, dass sie vor Freude aufspringt. Sie fragt sich, welche Botschaft wohl hinter einem solchen Geschenk steht. Der Wunsch, ihr eine ganz besondere Freude zu bereiten? Eine Art, um auf ihren Status als potenzielle Schwiegertochter hinzuweisen, oder, noch schlimmer, den Frieden zu erkaufen?

Sie druckst herum: »Das ist zu … Ihr hättet nicht … Sie ist wunderschön …«

Guido hat sich anfangs ein wenig gegen ein derartiges Geschenk gesträubt. Für so ein junges Mädchen? Zu welcher

Gelegenheit würde Léa die Kette tragen, wo sie sich doch nur mit ihren Freunden herumtreibt? Auch er hätte sich einen Ball zur Volljährigkeit seiner Tochter gewünscht. Der Vorschlag für ein Abendessen zu dritt hat ihn frustriert. Seit Wochen ist er unglücklich. Das Zerwürfnis mit Léa ist lächerlich, und er versteht nicht, warum sie noch böse auf ihn ist. Er hat den Eindruck, seinerseits sein Soll erfüllt zu haben. Sie wurde geliebt, verwöhnt und hatte nichts auszustehen. Er erinnert sich an ein nettes kleines Mädchen und an eine etwas schmollende Jugendliche, aber das gehört schließlich zum Erwachsenwerden dazu. Was ist nur schiefgelaufen, seit sie an der Uni ist? Warum kann sie nicht einfach ein ganz normales junges Mädchen sein, das sich für Kleidung interessiert, für Jungs, fürs Ausgehen und natürlich für das Studium? Warum nur diese verrückten Ideen und diese Heftigkeit? Bei der Geschichte mit der Demonstration ist er aus allen Wolken gefallen und hat geglaubt, ihr fehle es an väterlicher Autorität, manche ihrer Bekannten hätten einen schlechten Einfluss, vor allem dieser verfluchte Scherzi. Indem er ihr die Grenzen aufgezeigt hat, hätte eigentlich alles wieder in Ordnung kommen sollen. Aber es hat lediglich dazu geführt, dass das Band zwischen ihnen gerissen ist, dass sie sich von ihm entfernt und nicht mehr erreichbar für ihn ist. Seit Wochen schwankt seine Stimmung zwischen Sorge und Gereiztheit, manchmal kommt Wut hinzu. Er erinnert sich daran, wie es war, als er selbst achtzehn Jahre alt war, als er nichts besaß und sich abrackern musste, um zu leben. Damals zählte nur Arbeit, und man trieb sich nicht auf Demonstrationen herum. Léa weiß gar nicht, was für ein Glück sie hat.

Die wertvolle Kette steht für einen Schritt, den er auf seine Tochter zugeht, für den Versuch, wieder Verbindung zu ihr aufzunehmen. Sie wird begreifen, dass er sich Mühe gibt, und umgekehrt dasselbe tun. Das schöne Essen lässt ihn hoffen, dass die Dinge sich wieder einrenken könnten.

Guido betrachtet die Kette, die im Abendlicht glitzert. Er erinnert sich an das Gesicht und den faltigen Hals seiner Mutter, für die ein solches Schmuckstück völlig unvorstellbar war, und denkt laut: »Ein kleines Vermögen! Schon die Kette allein ist eine ordentliche Mitgift, mein Liebes!«

Mutter und Tochter schauen sich betreten an. Für Maria Alba ist das Tragen einer solchen Kette ein Symbol, und sie ist stolz, sie ihrer Tochter zu schenken. In Venedig zeigt man damit auf subtile Weise seine Zugehörigkeit zu einer einflussreichen Familie. Wer sich von den Gästen auf einem Fest damit auskennt, weiß den Wert zu schätzen, aber es wäre ungeschickt, ihn zu erwähnen.

Léa ist aufgebracht. Hat sie also doch richtig vermutet, dass es hier um Käuflichkeit geht?

»Ein Vermögen, meine Mitgift?! Aber Papa, glaubst du etwa, ich habe Lust, mit meiner Mitgift um den Hals auf irgendwelchen Abendveranstaltungen herumzustolzieren?«

Aus dem Augenwinkel sieht sie, wie ihre Mutter das Gesicht verzieht und ihre Augen sich mit Tränen füllen. Auf einmal hat sie Mitleid mit Maria Alba, unglaubliches Mitleid. Sie versucht einen zweiten Anlauf: »Eigentlich freue ich mich doch. Aber ich habe nicht damit gerechnet ...«

Und um die Atmosphäre zu entspannen, fügt sie hinzu:

»Na ja, und mit meinen Jeans sieht es bestimmt komisch aus ...«

Aber es ist zu spät für Scherze. Guido ist gekränkt und wütend, und das teuflische Hin und Her, das seit Monaten zwischen ihnen andauert, nimmt wieder Fahrt auf.

»Wenn du einfach mal damit aufhören würdest, dich in Jeans mit sonst wem rumzutreiben ...«

»Ich mache, was ich will. Ich schaue ja auch nicht drauf, mit wem du dich ›herumtreibst‹ ...«

»So redest du nicht mit deinem Vater, schließlich finanziere ich dir dein Leben ...«

»Du glaubst wohl, Geld ist alles ...«

Léa springt auf und rennt türenknallend in ihr Zimmer. Guido verschwindet auf die Terrasse, um dort herumzutigern. Maria Alba bleibt vor den Keksen sitzen und lässt ihren Tränen freien Lauf. Die Kette, der Stein des Anstoßes, glitzert in ihrer Ebenholzschatulle vor sich hin.

Bis spät in die Nacht wälzt Léa sich in ihrem Bett. Sie ergeht sich in Gedanken über ein Gespräch mit ihrem Vater, um ihre Wut loszuwerden. Zumindest in einer Sache hat er recht, sie ist finanziell von ihm abhängig, und das ist ihr unerträglich. Die einzige Alternative wäre, das Studium zu beenden und zu arbeiten. Aber mit welchem Ziel? Immerhin gibt es jetzt die Kette ... ein kleines Vermögen ... Poveglia – ob sie und ihre Freunde bereit sind?

Sie hofft auf eine Stimme, die wie durch Zauberei aus den Gemäuern zu ihr spricht und ihr Antwort gibt. Aber die Stadt ist gleichgültig, und die Steine schweigen.

Sie denkt an die zurückgehaltenen Tränen von Maria Alba. Ganz kurz hätte sie sie am liebsten in den Arm genommen und gewiegt, wie man es mit Kindern tut, indem man sie schamlos anlügt: »Keine Angst, es wird schon alles gut ...« Sind ihre Eltern denn alte Kinder, auf die sie aufpassen muss?

Léa steht auf, stellt sich ans offene Fenster, das zum Rio del Malpaga hinausgeht, und stützt sich mit den Ellbogen auf. Die Julihitze lässt die Mauern schwitzen und lastet auf der Stadt.

Sie liegt schwer auf dem Wasser des Kanals, der im Mondlicht wie eine versilberte Straße schimmert. Das schwache Licht hebt das angefressene Mauerwerk hervor, eine notdürftig ausgebesserte Toreinfahrt, Nischen, die nirgendwohin führen. Nur hundert Meter entfernt sind die Fassaden, die zum Canal Grande zeigen, sorgfältig gestrichen und aufgehübscht, aber die Hinterhöfe offenbaren die Zerbrechlichkeit und den Verfall. Sie erwischt sich dabei, zu denken: »Wie Maria Alba.« Und sie spürt mehr Liebe zu der Stadt, von der der Putz abbröckelt, als zu ihrer eigenen Mutter. Wenn sie wählen müsste, jetzt, dann würde sie sich für Venedig entscheiden. Léa bleibt wie gebannt am Fensterrahmen stehen.

Sie hat sich geschworen, Venedig zu retten. Es ist so weit.

Sie dehnt den schwerelosen Moment noch etwas aus. Dann holt sie so leise wie möglich ihren Rucksack und stopft Klamotten, Schlafsack, ihren Laptop und den Kulturbeutel hinein. Ihr Herz schlägt wie ein Gong in der Stille, als sie die Tür zu ihrem Zimmer schließt. Im Esszimmer auf dem abgeräumten Tisch steht noch immer die geöffnete Ebenholzschatulle. Sie zögert, dann lässt sie die Kette in ihre Tasche gleiten. Die Sonne geht auf. Noch drei Stunden, die sie herumbringen muss, bevor sie an Simons Tür im Studentenwohnheim klopfen kann, damit er sie nach Poveglia fährt.

MARIA ALBA ÖFFNET langsam die Tür. Sie zögert den Moment hinaus, das Zimmer verlassen vorzufinden. Sie hat nicht gehört, wie ihre Tochter weggegangen ist, aber sie hat die leere Ebenholzschatulle gesehen. Ganz kurz hat sie sich vorgestellt, Léa hätte die Kette mit in ihr Zimmer genommen und sie vor dem Spiegel anprobiert. Aber der Krampf, den sie unterhalb der Brust spürt, trügt sie nicht. Das Schlimmste, was passieren konnte, ist geschehen. Das Bett ist kalt. Das Fenster steht noch offen, und ebenso wie Léa in der Nacht stützt Maria Alba sich dort jetzt auf. Alles nur wegen des Streits mit Guido um die Stadt, letztlich hat Venedig ihr die Tochter gestohlen. Sie macht sich Vorwürfe, in Léa die Begeisterung für die Stadt geweckt zu haben, und zwar so sehr, dass sie dafür ihre Familie verlässt. Ihre Gewissensbisse wären nicht schlimmer, wenn sie ihre Tochter mit einem intriganten Verführer bekannt gemacht hätte. Sie betrachtet den Rio, und zum ersten Mal in ihrem Leben würde sie alles darum geben, in einer ganz normalen Stadt zu leben, in der nicht jeder Stein denkmalgeschützt ist, wo Autos fahren, wo es dreckige Fabriken und Supermärkte gibt; an einem Ort, der nicht so viel Leidenschaft entfacht.

Zwei Gondolieri begegnen sich auf dem Wasser, rufen sich etwas zu und schimpfen, dass die Geschäfte nicht wieder anziehen. Maria Alba findet sie lächerlich mit den Strohhüten und den dicken Oberarmmuskeln unter dem Streifenshirt.

»Wegen Leuten wie ihnen habe ich meine Tochter verloren«, denkt sie. »Léa hat recht, mein armes Venedig, du bist tief gesunken.«

Wütend schließt sie das Fenster. Zusammengekauert in der Hollywoodschaukel, versucht sie Léa auf dem Handy zu erreichen. Die Abwesenheit ihrer Tochter nagt an ihr, und ihr ist, als müsse sie sich übergeben. Es gibt niemanden, dem sie sich anvertrauen kann. All ihre Freundinnen würden nur versuchen, sie mit scheinheiligen Worten zu beruhigen.

Als Guido nach Hause kommt, findet er sie noch immer niedergeschlagen vor.

»Léa ist weggegangen!«

»Wohin?«

»Endgültig weggegangen, von zu Hause weggegangen.«

Sie macht eine genervte Handbewegung.

»Hm! Ich kann mir nicht vorstellen, wo sie sein soll. Mach dir keine Sorgen, wenn sie ihr Taschengeld ausgegeben hat, kommt sie schon zurück. Das ist nur eine jugendliche Laune, ein bisschen Rebellion«, sagt er und fügt mit aufgesetzter Gutmütigkeit hinzu: »Sie hat eben Charakter.« Sein Blick fällt auf den Tisch mit der leeren Schatulle. »Und ich sehe, sie hat ihre Mitgift nicht vergessen.«

Noch nie ist Maria Alba von ihrer Gelassenheit abgewichen. Sie gehört für sie zum Anstand, und das Maß zu verlieren findet sie vulgär. Sie kennt ihren Guido und seine Zügellosigkeit und ist in der Lage, sie zu ignorieren. Aber seit dem Morgen hat sich ihre Wut aufgestaut, und jetzt kocht sie über: »Sei still!«

Es ist raus. Zwei kleine Wörter, die sie noch nie gewagt hat ihm gegenüber auszusprechen.

Sie schleudert ihm noch mehr entgegen: »Ist dir eigentlich

klar, was du da sagst? Du behandelst sie fast wie eine Diebin! Du verstehst überhaupt nicht, dass sie weg ist. Sie wird nicht wiederkommen. Wir haben unsere Tochter verloren, unser einziges Kind. Du bist es, der sie dazu getrieben hat, und jetzt ...«

Sie liegt noch immer zu einer Kugel eingerollt in der Hollywoodschaukel und gibt sich ihrem Schmerz hin. Sie hat einen scharfen, kalten Ton, den Guido nicht an ihr kennt. Ihre blanke Wut alarmiert und trifft ihn. Er setzt sich an ihre Seite, legt ihr den Arm um die Schultern und zieht sie zu sich heran. Er flüstert, er wiegt sie, bittet um Verzeihung, redet beruhigend auf sie ein. Im Grunde erschüttert Léas Verschwinden ihn mehr, als er nach außen zugeben mag. Auch ihm ist die Familie heilig. Aber er hat andere Prioritäten als die häuslichen Belange. Politik geht vor. Er hat versucht, seine Tochter vor einem Irrtum zu bewahren, schlimmstenfalls war er taktlos. Sie wird wiederkommen, davon ist er überzeugt. Falls nötig, beauftragt er den Mann mit den gelben Fingern, um sich zu vergewissern, dass sie keine Dummheiten macht.

Maria Alba lässt sich trösten. Doch an diesem Abend münden tausend Zerwürfnisse, tausend Opfer in einem Graben, der sich nicht mehr schließen lässt. Die Tage werden verstreichen, der Alltag wird weitergehen, aber Guido hat eine Verbündete verloren.

AM LIEBSTEN WACHT LÉA vom »Kek ki jak«, dem klaren und energischen Ruf der Stelzenläufer, auf, die im sumpfigen Teil von Poveglia nisten. Die Vogelstimmen machen ihr Lust, aus dem Bett zu springen und selbst zu singen. Darum verflucht sie an diesem Morgen Adolfo mit seinem brüllend lauten Rap. Außerdem hat er bestimmt die gemeinsame Powerbank halb leer gemacht, um sein iPhone aufzuladen. Sie vergräbt den Kopf unter dem Kissen, um dem Lärm zu entkommen. Als sie auf die Insel kam, hat sie davon geträumt, sich ganz oben im Turm einzurichten, aber die kaputte Treppe drinnen war zu gefährlich. Als erste Besetzerin hat sie sich schließlich ein schönes Zimmer im ersten Stock des alten Lazaretts ausgesucht, das nach Südosten Richtung Lido zeigt. Hier kommt sie in den Genuss der Morgensonne und der Meeresluft. Innerhalb einiger Wochen hat sie das Zimmer mit einer Matratze auf einem großen bunten Teppich eingerichtet, mit einem Brett auf Böcken vor den breiten Fenstern, in denen Plastikfolie die kaputten Scheiben ersetzt, mit einem selbst gebastelten Regal und einer »Badezimmer«-Ecke, die aus einem wackeligen Tisch mit einer Schüssel, einem Krug und einem hübschen alten Spiegel mit blinden Stellen besteht. Sie liebt dieses schmucklose Zimmer, ihren Schlupfwinkel, ihr Königreich.

Unten schimpft irgendwer, und die Musik wird leiser. Sie hört Wortfetzen auf Englisch und Italienisch und vor allem

Gelächter. Ende September, es wird langsam kühl, und bevor sie sich anzieht, wärmt sie ihre Kleider im Schlafsack vor.

Alles ist sehr schnell gegangen seit dem Morgen, an dem sie bei Simon aufgetaucht ist. Er und seine Freundin Cristina haben sich sofort entschlossen, zusammen mit ihr umzuziehen. Zu dritt bilden sie den Ursprungskern, das Herz der Kommune auf Poveglia. Kaum dass sie in den sozialen Medien zur Besetzung der Insel aufgerufen hatten, sind Dutzende junge und weniger junge Leute hinzugekommen. Den ganzen Sommer über haben sie gute und schlechte Phasen erlebt, manchmal war die Insel voll mit Partyvolk, das sich von dem sagenumwobenen Ort angezogen fühlte, manchmal mit lauter Menschen ohne Halt im Leben auf der Suche nach einem Schlafplatz, manchmal von Autonomen, die bereit zum bewaffneten Widerstand waren. Sie haben unzählige Vollversammlungen abgehalten, Arbeitsgruppen und Gremien gegründet, Verhaltensregeln entworfen und sogar Ansätze für eine eigene Verfassung. Aber über der Besetzung der Insel haben sie nicht ihr ursprüngliches Projekt vergessen: Venedig und die Lagune zu retten.

Nach der Ausgangssperre waren alle ganz versessen auf Natur, was die »Summer School auf Poveglia« noch attraktiver machte. In der Nachmittagshitze schoben sich ständig lauter kleine Boote in den Kanal zwischen den beiden Inseln. Mit von der Überfahrt sonnengeröteter Haut ließen sich die Ankommenden auf den notdürftig hergerichteten Lichtungen nieder. Die Meeresbrise bewegte die Zweige, die Sonne spielte auf den Gesichtern. Die Luft duftete nach trockenem Gras. Zwischen den langen Wortbeiträgen der Debattierenden hörte man nur Summen und Gezwitscher. In Gruppen und Ausschüssen wurde die Welt wie auf einer antiken Agora neu gedacht. Auch die, die am Gutachten für die Erneuerung Venedigs mitgearbeitet hatten, waren dabei, einschließlich Livio. Léa begrüßte ihn mit vorgetäuschtem Desinteresse. Sie war nicht mehr die unwissende, verliebte Studentin, sie war diejenige, die die Bewegung ins Leben gerufen hat und trägt. Mit ein bisschen Stolz bemerkte sie den bewundernden Blick, den er ihr zuwarf.

Corona bot die Gelegenheit, Venedig völlig neu zu denken. Aber wie?

Alles kam auf den Tisch, wurde von allen Seiten beleuchtet, immer wieder diskutiert, kommentiert, kritisiert: weniger Gäste, ein neues Wirtschaftsmodell auf Basis von Dienstleistungen, Wissenschaft und Kunst ... An Ideen mangelte es nicht, aber sollte man Venedig den Reichen überlassen? Was tun mit den derzeitigen Beschäftigungsverhältnissen? Und all das verhinderte noch lange nicht den Wasseranstieg aufgrund des Klimawandels. Es würde vor allem eine harte Übergangsphase werden. Niemand verwandelte von jetzt auf gleich einen Gondoliere in einen Experten für die Frührenaissance. Die größte Einigkeit herrschte darüber, dass es die großen Schiffe zu vertreiben und den Einwohnern ihren Platz zurückzugeben galt, wieder Nachbarschaftsläden und Dienstleistungen vor Ort zu etablieren. Während der Diskussionen gehörte Léa zu den Ungeduldigen, zu denen, die Gesetze machen wollten, statt zu überzeugen.

Der Alltag auf der Insel war eine echte Herausforderung. Bislang hatte Léa nur selten einen Besen geschwungen und noch seltener mit Werkzeug hantiert. Auf der brachliegenden Insel mit den verfallenen Gebäuden musste man anpacken. Eine elektrische Leitung zu installieren oder den Wasserhahn zum Laufen zu bringen, erforderte handwerkliches Geschick, das überließ sie denen, die es besser konnten. Sie selbst nahm sich der einfacheren Dinge an: Schutt wegräumen, Fenster abdichten, Möbel reparieren und anmalen. Bei jedem Aufruf über Social Media gab es solidarische Unterstützung, helfende Hände ebenso wie Material. Nachdem sie eine Gemeinschaftsküche und einen Speisesaal eingerichtet hatte, auf die sie stolz war, wurde Léa auf dem Außengelände aktiv, befreite die Wege, die sich über die Insel zogen, von Gestrüpp und organisierte die großen Diskussionen auf den Lichtungen. Immer, wenn sie Glasscherben, Lattenroste, Töpfe und Krüge zusammentrug, meinte sie zu hören, wie die alten Inselbewohner der Wiederbelebung des Ortes zustimmten. Hier hatte es nie Paläste gegeben, sondern Lazarette, weder Ruhm noch Reichtum, sondern Krankheit und Elend. Umso mehr, fand Léa, verdiente die Insel ein neues Leben.

Die Geräusche im Erdgeschoss werden immer lauter, und Léa entschließt sich aufzustehen. Zwischen Fliegen und Brotkrümeln haben sich rund um den großen Holztisch Grüppchen gebildet. Es geht darum, mehr Geld zu sammeln, Leute zu mobilisieren, und, ganz banal, um die Frage, wie sie es im Winter warm kriegen, den Gemüsegarten vergrößern und angeln gehen können.

Angesichts des Semesterbeginns an der Uni und der kühleren Witterung, die Einzug hält, haben sich die Besetzer auf einen harten Kern von etwa zwanzig Leuten reduziert. Léa grummelt ein Guten Morgen und schnappt sich die Kaffeekanne, die schon kalt ist. Ihr Blick schweift über die Regale aus Ziegelsteinen und Brettern, die Decken, die als Türen dienen, die grünlichen Spuren von Feuchtigkeit, und auf einmal erscheint ihr alles hässlich und sinnlos. Was können sie schon ausrichten an diesem unwirtlichen Ort? Wozu wird das viele Reden aus dem Sommer führen? Die Studenten gehen wieder in ihre Seminare, die Touristen kommen zurück, die Geschäfte öffnen wieder, die Airbnb-Vermieter gehen erneut auf Jagd … Die Welt »danach« hat gewaltige Ähnlichkeit mit der Welt »davor«.

Sie nimmt ihre Tasse mit nach draußen in die Sonne, die nicht mehr wärmt, und betrachtet Venedig in der Ferne, das seine Turmspitzen in den blassen Himmel reckt. Man müsste einfach nur den bröckelnden Putz vergessen, die Augen vor den vorbeifahrenden Kreuzfahrtschiffen verschließen, die quälenden Zukunftsgedanken abstellen. Man müsste sich nur auf die kultivierte Stadt konzentrieren, mit der sich die Wissenschaft befasst, die Stadt, die man ganz ohne Hintergedanken einfach bewundern kann.

Sie ist deprimiert. Sie sehnt sich nach Professor Boldi, nach seinen ruhigen, gelehrten Interpretationen zur Malerei, nach den hohen Fenstern und dem einfallenden Licht, mit dem das Lernen leichtfällt, nach einem Tagesablauf ohne Überraschungen. Sie sehnt sich nach dem unbekümmerten studentischen Lebensgefühl, nach einem heißen Bad, nach der Stille ihres Zimmers, nach dem guten Essen am Rio del Malpaga, nach Geld, das man nicht zählen muss. Sie sehnt sich nach dem alten Leben ohne Belastungen, ohne Probleme und ohne Kampf.

Im selben Moment schämt sie sich für diese Gedanken wie für eine schuldhafte Schwäche. Das aus der Zeit gefallene Venedig ist eine Illusion, ein Märchen, das diejenigen erzählen, die nichts ändern und die Stadt bis auf ihren letzten Stein ausbeuten wollen, wie ihr Vater. Sie erinnert sich an ihre erste Demo, ihre Wut, als das große Schiff auftauchte, und an das aufkeimende Gefühl, handeln zu müssen. Ihre verschlissenen, kaputten Kleider, die von Schwielen übersäten Hände, ihre dahinschmelzenden Ersparnisse, all das sind kleine Übel, es ist der Preis, den sie zahlen muss, damit sie sich selbst in dem alten Spiegel in ihrem Zimmer in die Augen blicken kann. Auf jeden Fall ist es zu spät, um aufzuhören.

Ganz in Gedanken, bemerkt sie erst im letzten Augenblick das kleine Schnellboot, das gerade anlegt, und die große Gestalt mit dem sorgfältig hochgesteckten Knoten, die unbeholfen aussteigt: ihre Mutter!

Die beiden stehen sich gegenüber. Maria Alba bleibt eine Sekunde auf Abstand angesichts des sonnengeröteten Gesichts, der zerzausten Haare und des durchlöcherten Hemdes ihrer Tochter, dann stürzt sie auf sie zu und schließt sie in die Arme.

In ihrer Überraschung lässt Léa es geschehen, dann macht sie sich frei.

»Mama, was tust du hier?«

Ihr Ton ist alles andere als herzlich und bringt ihre Mutter aus dem Konzept.

»Aber … Ich wollte dich einfach mal sehen, mein Schatz, du fehlst mir … so sehr.«

Ihre Stimme klingt ehrlich. Sie hat die Idee, heimlich und ohne Guidos Wissen herzukommen, hundertmal hin und her gewendet. Léas Verschwinden hat sie in tiefe Trauer gestürzt. Die Lederjacke, die immer im Wohnzimmer herumlag, das Gemurmel der nicht enden wollenden Skype-Konferenzen aus dem Zimmer, die Art, wie sie die Tür schloss oder in Lachen ausbrach, jedes Detail ihrer Abwesenheit trifft Maria Alba wie ein Faustschlag. Sie kann sich nicht daran gewöhnen. Im Gegenteil, ihr kommt es so vor, als würde die Wunde immer größer und fräße sich ins Fleisch. Und noch etwas anderes vergiftet sie: wachsendes Misstrauen, oder sollte sie eher sagen, Ablehnung, gegenüber Guido. Sie weiß nicht mehr ein noch aus. Die Hollywoodschaukel als Rückzugsort beruhigt sie nicht mehr. Nach ein paar Minuten springt sie auf, als gäbe es etwas Dringendes zu tun, und läuft im Wohnzimmer im Kreis. Venedig, das immer ihr Kompass war, bietet ihr keinerlei Hilfe mehr. Die Schönheit, von der sie selbst immer geschwärmt hat, die Ruhe, die die alten Steine ausstrahlen, all das greift nicht mehr. Sie selbst, die doch so stolz war, jeden Erker aus alten Zeiten flüstern zu hören, hört nur noch Lärm. Venedig spricht nicht mehr mit ihr, besänftigt sie nicht mehr, vermittelt ihr nicht mehr die Gewissheit, Teil einer jahrtausendealten Geschichte zu sein. Schritt für Schritt wandelt sich ihre Traurigkeit in Auflehnung. Etwas ganz anderes als der Enthusiasmus ihrer Tochter, aber Maria Alba hat zunehmend das Gefühl, etwas versäumt zu haben. Léas überstürzter Weggang hat ihr einen Alltag geraubt, den sie für unveränderlich gehalten hatte. Nach außen hin fließt das Leben unbeirrt weiter wie der Rio del Malpaga, Maria Alba spricht nicht über ihr Unbehagen, Konflikte mit Guido hasst sie nach wie vor, meidet allein den Gedanken daran, und es fällt ihr nicht schwer, ihren hyperaktiven Ehemann zu täuschen. Doch eines Tages entschließt sie sich, etwas Verrücktes zu tun: heimlich Verbindung mit Léa aufzunehmen und sie vielleicht zu unterstützen.

Jetzt steht sie vor ihrer Tochter, unfähig, diese Entwicklung in Worte zu fassen. Ihr Blick schweift hin und her zwischen Léa, die breitbeinig dasteht, und dem baufälligen Gebäude, aus dem noch immer Lachen dringt. Für einen Augenblick ist sie neidisch auf diese Lebensfreude, diese Begeisterung. Vorsichtig beginnt sie: »Hör zu, ich habe viel nachgedacht. Ich kann deine Wut jetzt verstehen. Du warst nicht immer im Unrecht ...«

Sie sucht nach Worten, und Léa hat ihre sonst so selbstbeherrschte Mutter noch nie so mit sich ringen sehen.

»Ich will dir helfen ... Ihr braucht hier doch alles«, nimmt Maria Alba den Faden wieder auf, während sie auf das Loch im Pulli ihrer Tochter starrt, durch das die nackte Haut wie ein weißer Stern hervorleuchtet.

Léa sagt nichts und bleibt ein wenig misstrauisch.

»Und Papa, was sagt der dazu?«

»Er weiß nicht, dass ich hier bin.«

Léa muss lachen bei dieser unbefangenen Antwort. Ihre Mutter lehnt sich auf? Ganz kurz stellt sie sich vor, wie Maria Alba mit zerzaustem Knoten mit einem Carabiniere kämpft. Aber die Gelegenheit ist günstig.

»Hör zu, Mama, du könntest mir tatsächlich helfen. Wir müssen wissen, wie es weitergehen soll mit Poveglia, was Papa plant und ausheckt. Wenn du an irgendwelche Informationen kommen könntest ... Mit dem Passwort für seinen Computer ...«

»Ich kann doch nicht deinen Vater ausspionieren!«

Maria Alba schaut sich kopflos um, als könnte jemand sie hören. Aber der Schiffer, der sie hergebracht hat, ist in der Kajüte.

»Darum geht es nicht«, sagt Léa defensiv und fügt vorsichtig hinzu: »Nur darum, genau hinzuhören, was er sagt, er gibt doch gern mit seinen Sachen an. Für uns ist das sehr wichtig, damit wir uns organisieren können.«

»Aber Léa, du wirst doch nicht ewig hier wohnen bleiben! Der Winter steht vor der Tür, das ist gesundheitsschädlich!«

Sie lässt den Blick über die Ruinen wandern, über die notdürftigen Installationen aus Brettern und Fässern, das platt gedrückte gelbe Gras, auf dem der Tau glänzt.

»Was machst du hier, Léa, was willst du eigentlich?«

Ihre Tochter ist ihrem Blick gefolgt. Genau diese Trostlosigkeit hat sie am Morgen ins Schwanken gebracht, aber es gibt keine Alternative.

»Widerstand leisten!« Die Worte kommen ihr ohne Umschweife über die Lippen. »Irgendwo muss man schließlich anfangen. Venedig ist zu groß, zu kompliziert. Hier können wir gewinnen, beweisen, dass etwas anderes möglich ist. Hinterher kann daraus etwas Größeres werden. Die Leute werden sehen, dass es funktioniert.«

Maria Alba macht eine Handbewegung, die ihre Ohnmacht zeigt, sie hat keinerlei Einfluss auf die Pläne ihrer Tochter und kann sie nicht davon überzeugen, aufzugeben.

»Na gut, wie du willst«, lenkt sie ein. »Ich würde dir gern jeden Monat Geld auf dein Konto überweisen. Du dürftest nicht mehr viel haben.« Sie zeigt auf das Loch im Pulli. »Wenn du schon Widerstand leistest, dann zumindest in ordentlicher Kleidung. Ich will nicht, dass du die Kette verkaufst. Versprich es mir, eines Tages wirst du das verstehen ...«

»Danke, Mama, aber ich brauche vor allem Informationen.«

Beide schweigen. Sie stehen sich noch immer gegenüber, so nah, dass sie sich fast berühren und sich in den Arm nehmen und weinen, lachen, vergessen könnten.

Der Mann im Schnellboot tritt aus seiner Kajüte und winkt. Der kostbare Moment ist verstrichen. Maria Alba gibt Léa einen raschen Kuss auf die Wange und steigt wieder ein.

HEUTE MORGEN BEBT GUIDO vor Erregung. Die ganze Welt scheint auf Venedig zu blicken, den vielen Auslandsjournalisten nach zu urteilen, die trotz der wiederaufflackernden Pandemie gekommen sind. Es regnet Bindfäden, und in dem Vaporetto, das eigens für die Gelegenheit gechartert wurde, riecht es ranzig. Der komplette Stadtrat ist da, angeführt von Zongi. Wie nervöse Schauspieler vor dem Auftritt machen sie Scherze und zwinkern sich wissend zu. Im dichten Regen ist der Lido erst in letzter Minute zu erkennen, anhand der Autoscheinwerfer. Als sie sich der Hauptdurchfahrt nähern, wird die See kabbeliger, und die wütende Gischt spritzt die Fahrgäste stärker nass. Sie ignorieren es, schließlich ist dies der große Tag: MO.S.E. wird Venedig zum ersten Mal retten.

Beim Probeeinsatz im vergangenen Juli ist den Befürwortern des Sperrwerks das Herz in die Hose gerutscht. Die Versandung kurz vor dem Start hatte dazu geführt, dass die Aktion um mehrere Tage verschoben werden musste, obwohl der Ratspräsident selbst dabei sein sollte. Zongi hatte den Ingenieur Dalamati fertiggemacht. In seiner Wut drohte er und stammelte und forderte, man solle, falls nötig, alle Leute vierundzwanzig Stunden durcharbeiten lassen. Weshalb der Staudamm letztlich funktionierte. Zur geplanten Uhrzeit erlebten sie, zusammengepfercht im Kommandoraum, das Aufrichten der Tore mit, sowohl auf dem Kontrollbildschirm als auch durch die Scheibe mit Blick auf die Durchfahrt.

Als Zongi zurückhaltend verkündete: »Na also!«, brach ein Beifallssturm los. Alle fielen sich in die Arme, wie man es von der NASA bei wichtigen Gelegenheiten kennt. Ein beinahe fünfzig Jahre altes Projekt, siebzehn Jahre Arbeit, sechs Milliarden Euro (dreimal so viel wie ursprünglich geplant), zahlreiche technische Niederlagen, ein milliardenschwerer Finanzskandal, der den ehemaligen Bürgermeister vor Gericht gebracht hatte ... und jetzt stiegen die riesigen Behälter geräuschlos aus dem Wasser empor und strahlten in der Sommersonne!

Guido war mehr als befriedigt, er war gerührt und voller Optimismus. Über die ganze Zeit hinweg, die dieses Projekt ihn schon faszinierte, war es ein wenig zu seinem eigenen Baby geworden, das nun zur Welt kam. Venedig litt noch immer unter der Pandemie, der Tourismus war ausgeblutet, aber hiermit kam ein Hoffnungsschimmer am Ende des Tunnels in Sicht. Jetzt, wo es endlich abgeschlossen war, würde nichts mehr Wiederbelebung und Expansion im Wege stehen. Selbst das Schiff mit den Protestierenden, das mit lauter Transparenten vor ihnen herumfuhr, konnte den Jubel nicht verderben. Natürlich fiel ihm die junge Frau mit den langen schwarzen Haaren auf, die darauf hin und her lief, aber der Bruch mit Léa war seit Monaten besiegelt.

Während des Probeeinsatzes im Juli spotteten böse Zungen, bei ruhigem Wetter würde selbstverständlich alles funktionieren, aber man würde noch sehen, was passiere, wenn Mutter Natur wirklich wütend war.

Dieser Tag ist nun da. Die Konstellation ist klassisch. Ein Tiefdruckgebiet über der Adria sorgt für Wind aus Richtung Süden und Regen. Auf dem Höhepunkt des Sturms wird das

Hochwasser etwa einen Meter fünfunddreißig betragen, was den Markusplatz und viele Erdgeschosse wieder einmal unter Wasser setzen wird. Guido hat Lampenfieber wie ein Anfänger, verschwitzte Hände in den Hosentaschen und einen sauren Geschmack in der Kehle wie bei keinem seiner Immobiliendeals.

Er hat sich an dem Streit bei der UNESCO beteiligt, um dem verfluchten Gutachten »Venedig retten« etwas entgegenzusetzen, das trotz allem wiederaufgetaucht ist. MO.S.E. hat den Ausschlag gegeben und bewiesen, dass die Behörden wirklich etwas tun. Nur damit konnten sie die Verlängerung des Welterbe-Status erzwingen, aber die Situation wird streng beobachtet. Ein Versagen des Sperrwerks wird all ihre Anstrengungen zunichtemachen, hat der dicke Paolo immer wieder betont.

»Die Stadtverwaltung kann es sich nicht erlauben, die Auszeichnung zu verlieren.«

Guido hat sich von der Truppe abgesetzt, die in der Kommandozentrale zusammengedrängt ist, und von Dalamati die Erlaubnis bekommen, diesen ersten richtigen Einsatz von MO.S.E. direkt von dem Schacht aus mitzuerleben, in den die Tore eingelassen sind. In dem mit Neonröhren schwach beleuchteten Betongang hallt das Tosen der Wellen gewaltig, mehrmals hintereinander ist ein Keuchen und Schlagen zu hören, gefolgt von einem langen Zischen, das wie Brandung klingt, die sich auf einem Steinstrand bricht. Plötzlich fühlt er sich verletzlich, hat Angst, durch einen Riss könnten unvermittelt Tonnen von Wasser in den Gang stürzen, und bemerkt erstaunt, dass sich sein Atem dem Rhythmus des Meeres anpasst. Er ist im Bauch der Bestie.

Als es so weit ist, passiert gar nichts. Guido zittert, all seine

Sinne in gespannter Erwartung. Dann beginnt die Druckluft gurgelnd in den Rohren aufzusteigen, der Ton wird immer höher, am Ende kaum erträglich. Die Luft muss das Wasser aus den Stahlkästen der Tore herauspressen, damit diese sich aufrichten können. Die Rohrleitungen werden unter der Belastung in Schwingung versetzt. Es quietscht, es knirscht, es kratzt, draußen ist der Zusammenstoß von tonnenweise Stahl und tonnenweise Wasser auf dem Höhepunkt. Guido ballt die Hände zu Fäusten und spürt, dass die Maschine nicht aufzuhalten ist und dabei, zu gewinnen. Die Geräusche wandern den Gang entlang und deuten darauf hin, dass sich ein Tor nach dem anderen aufrichtet. Guido steht da, mit geschlossenen Augen an die Wand gelehnt, und genießt diesen Sieg, als wäre er selbst dafür verantwortlich. Er überwältigt ihn, mehr noch als seine Wahl in den Stadtrat, auf einer ganz persönlichen Ebene. Er hat nie gezweifelt. Menschen haben Venedig einst erbaut, andere retten es heute. Alles ist in Ordnung.

Schließlich geht er zurück nach oben in die Kommandozentrale, wo Champagner und Spritz in rauen Mengen fließen. Durch die Scheibe sieht er die gelbe Barriere, die sich dem dunkelgrauen Wasser entgegenstellt. Die Wellen schlagen gegen die unerschütterlichen Kästen. Auf der Seite der Lagune ist das Wasser ruhiger, und der Wasserstand scheint bereits niedriger. Guido braucht keinen Alkohol, um sich betrunken zu fühlen.

Eine Stunde später machen sie am Markusplatz fest. Die mobilen Stege, die bei Hochwasser aufgestellt werden, damit die Fußgänger sich fortbewegen können, wirken lächerlich über dem trockenen Boden, auf dem jeder seiner Beschäftigung nachgeht. Guido glaubt, jeden einzelnen Stein ein Danke murmeln zu hören.

LÉA BEUGT SICH NACH VORN, packt das Netz und zieht mit aller Kraft daran. Sie legt sich mächtig ins Zeug mit ihren schmerzenden Armen, stemmt sich mit Rücken, Bauchmuskeln, Schenkeln und den Füßen ab, die versuchen, fest an Deck zu bleiben und nicht nachzugeben. Das Ding hält dagegen, gräbt sich in den Schlamm ein und trotzt ihr. Mit einem Ruck zieht sie ein paar Zentimeter heraus, die ersten sind immer die schwierigsten. Das Wasser wird trübe durch die aufgewirbelten Teilchen vom Lösen des Pfahls. Als er endlich nachgibt, wird Léa heftig zurückgeworfen und findet erst im letzten Augenblick wieder Halt. Ihr ganzer Körper brennt vor Müdigkeit, sie muss noch ein Dutzend Pflöcke herausziehen, bevor das Netz an Bord geholt werden kann, das sie daran befestigt hat. Sie verflucht sich, dass sie am Morgen beschlossen hat, allein zu fahren. Es war noch ganz dunkel, als sie an der Tür von Simon und Cristina geklopft hat.

»Willst du nicht noch ein, zwei Stunde warten?«, hat eine verschlafene Stimme gebrummt.

Nein, sie will nicht warten, und manchmal findet sie die Gemeinschaft hinderlich. Durch die Einschränkungen der erneuten Ausgangssperre hat sie ein Argument, um sich davonzumachen.

»Geht nicht, man darf nicht mehr im Burano-Kanal sein, wenn es hell wird, sonst wird man festgenommen. Wir haben keine Genehmigung zum Bootfahren, das wisst ihr genau. Also, ich fahr allein, ich will nur nachsehen, ob das Netz voll ist.«

Draußen ist es noch kalt, die Grashalme biegen sich unter der Feuchtigkeit. Der Verkehr ist eingeschränkt, und es ist kaum ein Motorengeräusch zu hören. Nebel hängt über der Lagune und hüllt Venedig in einen Schleier, den die Sonne erst nach und nach ein wenig rosa färbt. Stadt und Wasser sind vollkommen im Einklang in dieser geheimnisvollen Atmosphäre. Um diese nicht zu stören, beschließt Léa, das Segelboot zu nehmen, das sie sich beschafft haben. Mit ein paar kräftigen Bewegungen der Ruderpinne steuert sie das Heck des Bootes vom Steg weg, dann setzt sie erst das Gaffelsegel, danach die Fock. Sie tut es langsam und achtet darauf, jeden Handgriff ganz präzise auszuführen. Die bunten Segel hängen schlaff in der Morgenbrise. Léa setzt sich an die Pinne und lässt in der Stille die Briccole, die dreibeinigen Dalben, vorbeiziehen. Heute Morgen fühlt sie sich wie die Königin der Welt.

Fischen ist ihr zur Gewohnheit geworden. Am Ende des Sommers, als es ihr auf der Insel zu eng wurde, hat sie gern einen der letzten alten Fischer von der Giudecca begleitet, der noch seinen traditionellen Beruf ausübt. Weil sie mit so viel Herzblut bei der Sache war, hat er Freundschaft mit ihr geschlossen. Sie hat ihm entlockt, was bei Gezeiten und Strömungen zu beachten ist, damit sie das Fanggerät optimal ausbringen kann, und allabendlich alles in einem Heft notiert. Mit dem Geld von Maria Alba hat sie einen Flachkahn und Ausrüstung gekauft. Aber von den Kritzeleien im Heft ist es ein weiter Weg bis zur Realität in der Lagune. Pfähle in den Schlamm einzuschlagen und das lange Netz daran zu befestigen, das die Fische in die schlauchartige Reuse leitet, ist anstrengend. Die Gewässer haben ihre Geheimnisse, die Fische verstecken sich, die Natur widersetzt sich, oder Léa versteht sie ganz einfach nicht richtig. Sie fängt nicht besonders viel, aber sie freut sich über ein paar Meeräschen, eine Handvoll Garnelen und hin und wieder eine Dorade. Plötzlich kann sie dieser Art von Jagd etwas abgewinnen. Im trüben Wasser verbirgt sich Leben, und man bräuchte nicht Wochen oder Monate, sondern Jahre der Beobachtung, um sich in einen Fisch hineinzuversetzen, Strömungen, Beute und Verstecke aufzuspüren wie er. Wenn sie einen Grau- oder Silberreiher sieht, der zielsicher ins Wasser ein- und mit einem Fisch im Schnabel wieder auftaucht, fühlt sie sich dumm im Vergleich mit dem Tier. Welche geheimen Zeichen deuten die Tiere besser als sie? Welcher Sinn, welche Wahrnehmung fehlt ihr?

Seit sie auf der Insel wohnt, ist Léa auf den Geschmack körperlicher Anstrengung gekommen. Nicht auf künstliche Art und Weise wie in einem Sportstudio, sondern wie im »echten Leben«. Abgesehen vom Schmerz erlebt sie eine Art Hochgefühl, wenn sie ihre Muskeln unter der Haut spürt und ihr der Schweiß zwischen den Brüsten herunterläuft. Das Leben unmittelbar und kraftvoll wahrzunehmen und einen Körper zu haben, durch den ein Lebensstrom fließt, überwältigt sie. Es gefällt ihr, wenn sie mit mehreren am Werk sind und zusammen ächzen, wenn es noch nicht einmal eines Blickes bedarf für das, was sie gemeinsam tun. Wenn sie allein ist, misst sie sich an sich selbst, powert sich aus, fordert sich manchmal derart, dass sie sich vor Erschöpfung übergibt, als müsse sie dafür bezahlen, vorher zu nachlässig gewesen zu sein.

Sie, die in einer vornehmen Umgebung aufgewachsen ist, in der alles seinen Platz hatte, genießt das überschäumende

Naturchaos, den Wildwuchs, herumliegendes Totholz, das Netz aus Schlick und Wasser, das sich von Tag zu Tag verändert.

Das Fischen lehrt sie, die Lagune zu verstehen. Das Mädchen aus der Stadt mit ihrer Liebe zu den beständigen Bauwerken entdeckt ihre Leidenschaft für alles, was sich verändert, was entsteht, lebt, ineinandergreift, verschwindet und wiedererwacht, einfach so.

Mit dem Segelboot braucht sie mehr als zwei Stunden, um die Inseln Torcello und Burano zu erreichen. Jenseits davon erstreckt sich das Sumpfgebiet, in dem Land und Wasser ineinander übergehen und das von den Ghebi durchzogen ist, winzigen Kanälen, die den Sumpf wie ein Blutkreislauf bewässern. Hier ist alles im Fluss. Je nach Tageszeit, Datum und Mond ändert sich der Wasserstand. Léa holt das Segel ein und treibt das Boot mit ein paar kräftigen Bewegungen der Pinne weiter, läuft auf Grund und springt ins Wasser, um das Boot wieder flottzumachen.

Es ist ganz plötzlich warm geworden, und ein weißes Licht verschiebt die Perspektive. Die Inseln nehmen einen gräulichen Farbton an und verschmelzen mit der Umgebung. Lediglich ein paar Kuppeln deuten noch auf Venedig in der Ferne hin.

Als Léa versucht, das größte Netz zu bergen, bekommt das kleine Boot gefährlich Schlagseite. Dann eben nicht. Sie legt sich auf den Boden und lässt es treiben. Den Blick in den blauen Himmel gerichtet, hört sie still dem Rascheln des Schilfes ganz in ihrer Nähe zu, dem Schnalzen eines Fisches, der aus dem Wasser springt, dem Ruf des Reihers. Einen Moment lang wird sie melancholisch, als sie sich an den Ausflug im Winter mit Livio erinnert. Ihr Boot stößt an eine Barena, eine der kleinen Inseln, die bei Hochwasser überschwemmt werden. Sie geht an Land, der warme Schlick quillt zwischen ihren Zehen hindurch und lässt einen schlammigen Geruch aufsteigen. Weiter oben, dort, wo es trocken ist, legt sie sich auf den Boden, die Luft ist drückend, Kies und Reisig stechen ihr in Rücken und Po. Es ist angenehm, alles loszulassen. Nicht denken, nichts entscheiden, nichts tun, einfach nur da sein und wahrnehmen, wie sie ein Teil der Wildnis wird. Auf einmal hört sie in der Ferne einen Motor. Ein Fischer, ein Ausflugsboot, ein Flugzeug? Das Geräusch befördert sie zurück in die Realität, und sie hasst es, als würde es ihr etwas stehlen.

Parallel zu ihren Erfahrungen mit dem Fischfang ist Léas Interesse für die Beschaffenheit der Lagune und deren Ökosystem erwacht. Seit tausendfünfhundert Jahren hat der Mensch Spuren in der Lagune hinterlassen und ihre Entwicklung geprägt, aber bis zum Beginn des 20. Jahrhunderts hatte niemand gegen folgenden Grundgedanken verstoßen: Ohne die Lagune wäre Venedig nicht Venedig. Léa erinnert sich daran, wie Livio erklärt hat, dass das Wasser die Stadt vor Invasoren schützte. Ohne ihre besondere Lage wäre die Stadt schon tausendmal eingenommen und geplündert worden. Die schützende und nährende Lagune wurde ständig von Flüssen, Gezeiten und durch den Eingriff des Menschen verändert. Generationen haben über das empfindliche Gleichgewicht von Land und Wasser gewacht. Dann hat sich alles verändert, und die Lagune wurde nicht mehr als ein Lebewesen betrachtet, mit dem es eine Symbiose zu erhalten galt. Der Vertrag wurde gebrochen. Die Vertiefung der Kanäle bei Marghera auf zwölf Meter hat die Ablagerung von Sedimenten durcheinandergebracht, die Verschmutzung durch Industrie und Landwirtschaft hat Wasserpflanzen verdrängt, die den Schlick zurückgehalten hatten, der ständige Schiffsverkehr mit seinen Erschütterungen hat die Ufer angegriffen, die Fischerei hat unbehelligt mit ihrem Fanggerät den Meeresboden umgepflügt, und die Trockenlegung eines Teils des Sumpfgebietes hat die Zone verkleinert, in der sich das Meer ausbreitete. Alles scheint verkehrt herum gemacht worden zu sein. Ursprünglich versiegte das Wasser der Gezeiten in Tausenden Kanälen, zwischen Millionen Wurzeln, auf einem Gebiet von Hunderten Quadratkilometern, jetzt kommt es schnell und mit Macht herein und knabbert Tag für Tag an den Barene. Die Oberfläche dieser vorübergehend trockenfallenden Gebiete hat sich um die Hälfte verringert. Dort, wo die Flut früher bis zu zweieinhalb Stunden brauchte, um bis Marghera vorzudringen, kommt sie heute innerhalb von dreißig Minuten an, und zwar deutlich heftiger.

Bei genauerem Nachdenken würde Léa es den Ahnungslosen der Dreißiger- oder Fünfzigerjahre noch verzeihen. Was wussten sie schon, was hatten sie schon von dem empfindlichen Gleichgewicht begriffen? Wie sollten sie dem Trugbild der Industrialisierung in Landstrichen widerstehen, die von Armut zerfressen waren? Aber sich MO.S.E. ausdenken? Nein! Die Dinge hatten sich geändert, das Wissen war größer geworden, es wäre genügend Zeit gewesen, wieder sorgsam mit der Lagune umzugehen und ihre Wunden zu heilen, statt ihr eine weitere hinzuzufügen. Kaum dass das Sperrwerk gebaut ist, wird der Klimawandel es überflüssig machen. Wenn es irgendwann alle zwei Tage oder gar öfter im Einsatz sein muss, ist es aus mit der unerlässlichen Mischung aus Süßwasser und Salzwasser. Der für die einmalige Biodiversität der Lagune verantwortliche Salzgehalt wird sich nicht wiederherstellen lassen. Wohin werden dann die zarten Säbelschnäbler fliehen, die zierlichen Seeschwalben, die Fischadler, die Graureiher und Silberreiher, die ein Teil der Lagune geworden sind? Léa fühlt sich verantwortlich für all die unschuldigen Arten, den roten Queller auf den Salzwiesen, das Schilf. Sie nimmt es der gesamten Menschheit übel.

Sie verkrampft sich und knetet mit der Hand die Erde durch, um ihre Wut abzubauen. Die Grübelei verdirbt ihr die Siesta, auf die sie sich so gefreut hatte. Der Wind frischt unvermittelt auf, wie häufig um die Mittagszeit. Der Himmel hat sich bewölkt und wirft ein Leopardenmuster auf die plätschernde Ebene. Léa geht eilig wieder an Bord und setzt die Segel. Das kleine Boot macht Sprünge auf dem Wasser wie ein Tier und bekommt Schlagseite. Der Mast knarrt, das Segel spannt sich, als würde es gleich reißen, und das vom aufgewühlten Sand gelbgrüne Kielwasser schäumt. Léa umklammert die Pinne mit beiden Händen und ist glücklich.

Sie begegnet kaum einem Schiff, das den Verkehr auf dem Wasser kontrolliert, und beschließt, zur Mündung am Lido zu fahren. Weil die Durchfahrt zu breit war, um die Tore des Sperrwerks richtig zu verankern, haben die Projektplaner in der Mitte eine kleine künstliche Insel errichtet. Diese Verengung hat die Kraft und das Tempo der Strömung gesteigert. Für Léa ist die Insel ein Schandfleck aus Beton, und der Kommandoposten am Ufer, ein von Rohren überzogener Bunker, lässt sie an eine Bestie mit Tentakeln denken. Ein Arbeitsschiff ist quer zur Einfahrt stationiert, und vermutlich sind Taucher unter der Wasseroberfläche am Werk. Von der Brücke winkt ein Typ fröhlich zu dem hübschen Boot mit den bunten Segeln herüber. Léa reagiert nicht und wendet. MO.S.E. ist ein unheilvolles Tier, das die Lagune verschlingen und die spiegelnde, lebendige Wasserfläche in einen stinkenden Sumpf verwandeln wird.

Zum ersten Mal denkt Léa darüber nach, dass es das Beste wäre, den Staudamm zu zerstören.

EIN EISIGER MORGEN, von den Alpen weht ein beißender Wind. Ein rotes Glühen setzt an, den ansonsten ultramarinblauen Himmel aufzuputzen. Das dunkle Wasser ist übersät mit weißen Wellenstreifen. Nur selten verströmt die Lagune eine so unerbittliche, raue und ungestüme Atmosphäre, als nähme sie die bevorstehende Konfrontation vorweg. Die Spähposten auf Poveglia wissen, dass der Moment gekommen ist, in dem sie ganz besonders aufmerksam sein müssen. Der Angriff erfolgt stets bei Tagesanbruch. Man braucht Licht, aber keine Zeugen. Sie haben sich aus ihren Schlafsäcken herausgequält, die nah am Ofen im großen Saal verteilt liegen, sind in ihre vor Kälte steifen Jeans geschlüpft und haben die Pullis übergezogen, die sie sowohl gegen die kalte Luft als auch gegen Schläge schützen sollen. Léa musste nicht Wache schieben, hat aber trotzdem nicht besser geschlafen. Das Warten zermürbt sie noch mehr als die Angst vor dem nahenden Kampf.

Maria Alba ist sich ganz sicher gewesen. Anfangs fand Léa es amüsant, sie sich als Mata Hari vorzustellen, die an Türen lauscht und in Guidos Abwesenheit in seinen Akten herumschnüffelt. Ihr zaghaftes Suchen hat ihnen trotz allem zu einer Menge Informationen verholfen. Und Léa musste ihre Mutter beruhigen, die sie angefleht hat, die Insel vor dem Eingreifen der Polizei zu verlassen.

»Die Polizei ist schon zwei Mal da gewesen, aber sie hat

keine staatliche Genehmigung, und dem Staat gehört Poveglia schließlich, nur hat der gerade andere Sorgen, wo die Pandemie wieder aufflackert.«

Die Besetzer haben die Behörden beide Male großspurig abblitzen lassen. Aber dieses Mal sind die Informationen wirklich beunruhigend. Guido hat einen Investor gefunden, und der muss sich den Ort anschauen, sobald die Ausgangssperre beendet ist. Er darf dort natürlich keine »Horde von Faulenzern« antreffen. Guidos gute Beziehungen zum Ministerium, die Aussicht auf neue Arbeitsplätze und der Sinn für Ordnung haben letztlich den Ausschlag gegeben. Maria Alba hat von einer direkt bevorstehenden Übernahme berichtet. Darum haben die Inselbewohner heimlich an die fünfzig erprobte »Kämpfer« rekrutiert. In der Nachfolge der ersten Bewohner, die sich hier im 9. Jahrhundert gegen die venezianische Ordnung verbarrikadierten, haben sie auf den alten Gerüsten, die die Fassade stützen, Plattformen errichtet, auf denen sie Steine und Geschosse aufgetürmt haben. Sie haben im Wald Zweige miteinander verwoben, um das Durchkommen auf den Wegen zu erschweren, Reifen zum Verbrennen vorbereitet, um die Gegner durch Rauch zu behindern, und Leute mit Handys postiert, die den Angriff melden und in den sozialen Medien zur Unterstützung aufrufen sollen. Über die Strategie ist lange diskutiert worden. Am Ende haben sie sich darauf geeinigt, die Polizei daran zu hindern, in die Gebäude einzudringen, indem sie Widerstand leisten, wenn auch so passiv wie möglich. Léa weiß sehr wohl, dass das Worte sind, die breite Zustimmung finden. Um sie herum träumen die jungen Leute, die sich mit ihren zwanzig Jahren für unbesiegbar halten, davon, sich zu schlagen. Auch sie selbst reizt die Konfrontation. Der Sommer mit all den Diskussionen und Gesetzesvorschlägen hat sie nicht befriedigt. Die Welt, die sich verändern müsste, hat ihren trostlosen Kurs wieder aufgenommen. Der Abgrund rückt näher, und niemand schert sich darum. Wird von ihrer unbedeutenden Insel mitten in der Lagune ein Zeichen für den Widerstand ausgehen können? Dennoch kann sie nach wie vor nicht mit Gewalt umgehen. Darum feilscht sie um das Ausmaß: Steine schmeißen, ja, aber mehr auch nicht, selbst wenn sie ahnt, dass irgendwo eine Kiste mit Molotowcocktails lagert. Obwohl die Stimmung während der Vorbereitungen eher einer fröhlich-aufgeregten Hektik entsprach, wird ihnen allen bei dem Schrei, der im Morgengrauen erklingt, ganz flau im Magen: »Da sind sie! Drei Schnellboote. In weniger als zehn Minuten legen sie an.«

Sie setzen die Helme auf, ziehen die Tücher über die Nase, stecken sich Zitronen in die Taschen, polstern Schultern und Rücken mit Zeitungen aus – so stürmisch wie ein Ritter seine Rüstung anlegt, sie spüren die Dimension dieses Augenblicks und hoffen, in die Geschichte einzugehen. Léa bemüht sich, nicht zu zittern.

Von ihrem Posten auf dem Gerüst, von dem aus sie Steine werfen soll, beobachtet sie, wie alle sich in Stellung bringen. Tonino, der Jurist, versucht, zu verhandeln und zu verhindern, dass die Leute in schwarzer Montur an Land gehen. Die Zeit dehnt sich, dann nimmt sie Fahrt auf: laute Stimmen; Tonino, mit überkreuzten Armen nur ein lächerliches Hindernis, wird festgenommen; Lautsprecher ordnen die Evakuierung an; es wimmelt von Uniformen. Auf die Geschosse aus »vorderster Front« folgt unten Tränengas. Wie üblich eskaliert der Konflikt: Schreie, brennende Reifen, schwarzer und roter Rauch, unübersichtliches Durcheinander. Als Léa nach unten schaut, tobt der Kampf, und als sie die Augen nach oben richtet, schiebt sich die Sonne als friedliche rosa Kugel über den Lido. Zwei Welten berühren sich, eine davon muss eine Scheinwelt sein, aber Léa könnte nicht sagen, welche.

Die Ordnungskräfte haben nicht mit derart organisiertem Widerstand gerechnet. Die Männer strömen zu den Booten zurück, dann schlagen sie erneut zu, wie das Kommen und Gehen der Wellen.

»Sie nehmen sie fest!«

Léa erkennt im stinkenden Rauch des Feuers Gestalten, die über den Boden gezerrt werden. Sie hat all ihre Geschosse geworfen, befindet sich aber zu weit weg, als dass sie irgendein Ziel getroffen hätte, und ist jetzt im Nachhinein wütend, dass sie sich nicht freiwillig für unten gemeldet hat, um im Gefecht dabei zu sein, im Nahkampf, nach dem ihre Wut verlangt. Zum ersten Mal in ihrem Leben will sie Teil der Gewalt sein, des Machttriebs, der hemmungslosen Schläge, des glühenden Geistes. Auf ihrem Hochsitz fühlt sie sich unbeteiligt, ohnmächtig.

Die Schlacht scheint schon verloren, da explodiert ein Molotowcocktail, dann ein zweiter. Léa hatte sie sich nicht so heftig vorgestellt. Die Feuerkugel ist mehrere Meter hoch, setzt Gras und Zweige in Flammen. Zwei Polizisten winden sich auf dem Boden, ein paar Kollegen schlagen auf sie ein, um die Flammen zu löschen, während die anderen wie elektrisiert schreiend losstürmen. Der Widerstandskampf wird zum Krieg. Mehrere Minuten herrscht totale Verwirrung, Angreifer und Verteidiger scheinen zusammengewachsen, wie ein riesiges, von Krämpfen geschütteltes Tier. Dann ertönen Pfiffe, und die Männer in Schwarz weichen zurück. So schnell, wie sie gekommen sind, steigen sie wieder in ihre Schnellboote, die unter stürmischem Beifall das Weite suchen.

Weniger als eine Stunde ist vergangen. Die Stille kommt plötzlich und wird vom Knacken der Sträucher und Reifen durchbrochen, die noch auf dem leeren Schlachtfeld brennen. Die Sonne klettert am wolkenlosen Himmel hoch, kleine, gleichgültige Wellen spülen eine nach der anderen an, und wären da nicht die Rauchwolken, könnte man meinen, es wäre nichts passiert.

Léa saust das Gerüst hinunter. Im großen Saal versammelt sich eine aufgeregte Gruppe, die noch immer Kampfgeist verströmt. Noch ganz aufgeputscht von der Aktion, rufen sie sich gegenseitig, zittern vor Aufregung, kichern nervös und schlagen sich auf den Rücken, Höhlenmenschen, die von der Mammutjagd zurückkehren, Ritter, die aus dem Wettkampf kommen, Soldaten, die aus den Gräben klettern. Ihre schwarzen Gesichter und Hände zeigen Schnittwunden und blaue Flecken, sie haben sich mutig in die Schlacht geworfen und sind bis an ihre Grenzen gegangen. Die plötzliche Flucht des Feindes hat sie überrascht, beinahe sind sie erstaunt über ihren Sieg. Doch ihr Triumph bekommt schnell einen bitteren Beigeschmack.

»Die Verletzten ... Los, Leute, bewegt euch, ab ins Krankenhaus!«

Draußen beugt sich jemand nach vorn und hält sich den Bauch, zwei stützen sich gegenseitig und stöhnen, und Simon, der rothaarige Kobold, hat eine üble Wunde quer über das Gesicht, von der Stirn bis unten auf die linke Wange, sein Auge ist voller Blut.

GUIDO WIRFT DEN BERICHT auf den Schreibtisch und quetscht sich auf das Sofa neben Paolo, der schon mehr als die Hälfte davon in Beschlag nimmt.

»Die sind verrückt, und meine Tochter steckt da mit drin! Ich brauche einen Whiskey.«

Der Kulturreferent streckt die Hand zur Bar aus. Er ist nicht gänzlich unzufrieden mit der Enttäuschung von Malegatti, der sich schon omnipotent fühlt, weil er die Pandemie so gut managt. Das Verbot der Kreuzfahrtschiffe hat sie zu Gegnern gemacht, zum ersten Mal in ihrer Amtszeit. Paolo weiß, dass er recht gehabt hat. Die Einwohner, die öffentliche Meinung bis hin zu lauter internationalen Stars, die in den Luxushotels absteigen, und die UNESCO – alle hatten sich verbündet. Es war an der Zeit, mit den Fotos auf den Titelseiten Schluss zu machen, auf denen diese Riesen den Blick aus den alten Straßen versperren, wie lauernde Monster. Der gute Guido muss als Wirtschaftsrat nichts weiter tun, als den Ausbau von Marghera zu beschleunigen, damit die Schiffe, die zu groß sind, dort anlegen können. Aber die Sache mit Poveglia reizt ihn noch mehr. Eine verlassene Insel, nur einen Steinwurf von Venedig entfernt, in eine Nobelherberge umzugestalten, ist an sich keine schlechte Idee, aber Malegatti hat es zu eilig und ist gerade dabei, alles zu verbocken.

»Hast du den Bericht überhaupt gelesen?«, stichelt Paolo.

»Selbstverständlich, ich hab ihn schließlich als Erster von

der Sicherheitsabteilung bekommen«, knurrt Guido. »Die Polizei hat sich wirklich ungeschickt verhalten, die hätten sich ja vorher zumindest mal erkundigen können, man fragt sich, wofür die bezahlt werden.«

Er leert sein Glas in einem Zug und fordert Paolo zum Nachschenken auf.

»Szenen wie aus einem Bürgerkrieg, dieser Junge mit dem ausgeschlagenen Auge … Vermutlich können wir froh sein, dass es nicht noch schlimmer gekommen ist«, seufzt er.

Entsetzt stellt er sich Léas von Wunden übersätes Gesicht vor.

»Und jetzt die Demos gegen Polizeigewalt«, fährt er fort, »das fehlte uns gerade noch, wo die Hoffnung auf das Ende der Ausgangssperre und die Rückkehr zumindest der europäischen Touristen schwindet. Meine Investoren werden mir alle abspringen.«

»Guido, du warst ein bisschen voreilig«, entgegnet Paolo. »Jetzt muss sich alles erst mal wieder beruhigen. Lass deine Tochter und ihre Freunde da draußen im Schlamm mal ein paar Monate Schlossherren spielen. Irgendwann werden sie keine Lust mehr haben, glaub mir. Wir könnten jemanden in die Gruppe einschleusen, um sie im Auge zu behalten. Bestimmt gibt es einen Punkt, an dem wir sie zu einem Fehler verleiten können.« Etwas verhaltener fügt Paolo hinzu: »Weißt du, die Leute hier sind erschöpft. Die Krankheit, die nach wie vor sinkenden Einnahmen, alles, was sie wollen, ist, dass es wieder wird wie vorher. Sie wollen keine Revolution. Wir sollten also keine große Welle machen, sondern Venedig behutsam wieder auf die Beine bringen. Das erwarten alle.«

»Okay, okay …«

Guido starrt verdrossen auf sein Glas, dann blickt er auf.

»Na ja, zum Glück funktioniert MO.S.E., das kommt gerade zum richtigen Zeitpunkt. Endlich können wir denen, die immer geunkt haben, nun das Maul stopfen, ganz zu schweigen von den wirtschaftlichen Einbußen durch das Acqua alta, die jetzt Geschichte sind.«

Er steht auf und tritt ans Fenster. Ein klarer, strahlender Tag hebt die Umrisse der Palazzi deutlich hervor und taucht die Fassaden in ein blasses Gold, das die Fensterscheiben schimmern lässt. Auf dem Kanal ist der Verkehr wieder ein wenig in Gang gekommen. Venedig bewegt sich langsam, wie eine Genesende. Der Betrieb in der Stadt ähnelt dem vor zwanzig Jahren, und Guido spürt seine Ungeduld.

Paolo hat seine Gedanken gelesen, aber es macht ihm Spaß, den Finger in die Wunde zu legen.

»Ja, das ist eine gute Sache, gesetzt den Fall, MO.S.E. funktioniert tatsächlich so, wie es soll. Erinnere dich mal ans letzte Mal, als der Wasseranstieg falsch eingeschätzt wurde und es trotzdem eine Überschwemmung gab. Das grenzte an mangelnden Sachverstand. Ich hab auch schon Gerüchte über die Tore gehört, einige sollen bereits defekt sein. Der Stahl, der verwendet wurde, scheint nicht der richtige zu sein.«

Er setzt sich auf dem Sofa zurecht und schwenkt versonnen seinen Whiskey.

»Manchmal frage ich mich tatsächlich, ob die Gegner nicht ein bisschen recht haben. Aller Wahrscheinlichkeit nach wird der Wasserspiegel weiter steigen, MO.S.E. wird irgendwann jeden zweiten Tag zum Einsatz kommen. Dann wird Venedig nicht mehr in der Lagune liegen, sondern in einem Schlammbecken.«

»Nicht doch! Du wirst dich doch wohl nicht auf deren Seite schlagen! Haben wir etwa sechs Milliarden Euro für nichts und wieder nichts investiert? Die besten Ingenieure ganz Italiens, dreißig Jahre Studien, alles umsonst? Endlich läuft das System, und jetzt gefällt es dem Herrn nicht mehr, weil ein paar unbedeutende Professoren einen nachteiligen Bericht zusammengeschmiert haben! Soll ich dir mal was sagen, diese Leute werden nie zufrieden sein. Was die wollen, ist die Touristen verbannen, Venedig unter eine Glocke stellen, und warum nicht gleich Mantel und Degen wieder vorkramen. Ich stehe auf der Seite von denen, die arbeiten und die ihre Rechnungen am Monatsende zu bezahlen haben. Ich glaube nicht an die Geschichten von der untergehenden Stadt oder der sterbenden Lagune, und selbst wenn es so kommen sollte, dann wird man Lösungen finden. Wir sind schließlich auch auf den Mond geflogen, da machen uns doch wohl ein paar Zentimeter Wasser keine Angst.«

Er kippt den letzten Schluck Whiskey hinunter und lässt sich an seinem Schreibtisch nieder. Seine Art zu sagen, das Gespräch ist beendet.

Paolo kostet es noch etwas aus. Er schwenkt seinen Whiskey weiter und starrt in sein Glas wie in eine magische Kugel.

»Na gut, reg dich nicht auf. Natürlich wird MO.S.E. uns schützen, uns zumindest Zeit verschaffen. Aber man muss auch der Realität ins Auge sehen und nicht in Verweigerungshaltung gehen. Die Dinge ändern sich, es wäre nicht das erste Mal, dass eine Stadt untergeht.«

Die Antwort ist knallhart: »Die Verweigerungshaltung nehmen die anderen ein, ich arbeite.«

LÉA WOLLTE NICHT in die Wohnung in Cannaregio zurück. Als sie Livio bei der Demonstration gegen den Angriff auf Poveglia wiedergetroffen und er ihr vorgeschlagen hat, gemeinsam etwas trinken zu gehen, hat sie eine kleine Bar am Campo San Giacomo ausgesucht. Der von Platanen und Robinien beschattete Platz hat noch etwas Provinzielles, das sie beruhigend findet. Simons Gesicht lässt ihr keine Ruhe, nachts wacht sie auf und sieht die lange Narbe vor sich, das tote, nässende rote Auge unter dem herabhängenden Lid. Die Ermittlung hat nicht zutage gefördert, ob es ein harter Schuss mit einer Tränengasgranate war, zersprungenes Glas oder ein von Demonstranten geworfener Stein. Aber für Léa ist das unwichtig. Die Gewalt und die Möglichkeit des Todes sind in ihr Leben getreten. Für Überzeugungen zu sterben, schien weit entfernten Ländern mit ewigen Diktaturen vorbehalten, unvorstellbar in Italien, mitten im friedlichen Europa. Die ruhige, harmonische Gemeinschaft von Poveglia hat sich überlebt, ebenso wie die Illusionen, die sie sich gemacht haben. Léa hat Angst, wird nachts von Albträumen geplagt, fühlt sich in die Enge getrieben und sieht keine Lösung. Aber zu alldem ist noch der Hass hinzugekommen, ein Hass auf diejenigen, die für Profit Raubbau betreiben und dessen Konsequenzen leugnen, die nicht an die Zukunft denken und ihre Handlanger geschickt haben. In Léas Kopf vermischt sich alles. Sie macht auch den vielen Antriebslosen einen Vorwurf, die hier auf dem Platz an ihr vorbeigehen, die nur an Komfort und Konsum denken. An der Demonstration haben nur wenige teilgenommen. Wer setzt sich für die ein, die sich für die Sache einsetzen? Sie würde sich die Leute am liebsten einzeln schnappen und sie schütteln, bis die Kreditkarten aus ihren Taschen fallen. Die besänftigende Wirkung des begrünten Platzes hat nicht lange angehalten.

Die große Gestalt mit dem unvermeidlichen schwarzen Rollkragen gibt ihr keinen Stich ins Herz, sondern ruft lediglich einen Hauch von Wehmut hervor.

Livio scheint ihr in der kurzen Zeit gealtert zu sein, oder sieht sie ihn nur mit anderen Augen? Ein ausgemergeltes Gesicht, Falten in den Augenwinkeln und eine markantere Mundpartie. Sie hat schon immer den Eindruck gehabt, dass die Leute, wenn sie älter werden, von innen heraus ihre Substanz verlieren und immer mehr in einer zu großen Hülle schlottern.

Er gibt ihr einen flüchtigen Kuss aufs Haar und macht einen Witz, um sein leichtes Unbehagen zu verstecken: »Seit Corona begrüßt man sich gar nicht mehr richtig! Wie geht's dir, Léa?«

Er zwängt sich auf den Stuhl auf der winzigen Terrasse.

»Gut«, lügt sie und gibt noch ein bisschen an: »Wir warten auf den nächsten Angriff.«

Livio schaut sie lange an. Er ist geübt darin, seine Studierenden einzuschätzen, wie ängstlich, gelangweilt oder unverschämt sie sind. Die junge Frau, die vor ihm sitzt, ist zwar Léa, aber eine andere Léa als vorher, weniger rund, mit kantigeren Zügen, die Lippen eine Spur verkniffener und vor allem mit einer Mischung aus Traurigkeit und Wut in den Augen, die er vorher nicht an ihr kannte. Diese Frau ist zu allem fähig.

»Und Simon?«

»Es ist furchtbar. Er hat sein Auge verloren. Sie haben ihm einen Eingriff in Aussicht gestellt, damit die Narbe weniger zu sehen ist. Er ist tapfer, aber neulich hat er den Spiegel im Krankenhauszimmer kaputt geschlagen. Ich glaube, er wird nach England zurückgehen.«

Livio spürt, wie sie an dem unterdrückten Gefühl erstickt, das sich hinter dem trockenen, faktenorientierten Ton verbirgt.

»Pass auf dich auf, Léa. Ich glaube, dass ihr jetzt eine Weile Ruhe habt. Die Geschichte hat zu viel Aufsehen erregt. Aber sie werden nicht nachgeben. Ich möchte nicht, dass du …«

Sie fällt ihm ins Wort. »Zu viel Aufsehen? Es ist doch allen total egal! Du hast doch selbst gesehen, wie viele wir bei der Demo waren.«

Sie macht eine wegwerfende Armbewegung, die den ganzen Platz einschließt. Auf dem Campo herrscht Betrieb bei Sonnenschein und kühler Luft. Die Omas ziehen ihre Einkaufstrolleys hinter sich her, Spaziergänger ruhen sich auf den Bänken aus, recken das Gesicht ins Licht und gähnen, ein paar Touristen sind rund um die Kirche damit beschäftigt, Handyfotos zu schießen.

»Sie verdrängen es alle. Ich dachte, nur mein Vater und seine Freunde täten das, aber schau sie dir doch an! Sie rasen fröhlich auf den Abgrund zu. Die Stadt ist in Lebensgefahr, und sie gehen einkaufen und machen Fotos.«

Ihre Oberlippe zittert. Livio kann sich ein Lächeln nicht verkneifen.

»Hey! Beruhig dich! Du kannst die Leute nicht von jetzt auf gleich ändern. Pädagogisches Geschick, Überzeugungskraft und Mobilisierung. Ich weiß, das braucht Zeit, aber es ist die einzige Lösung. Guck dir die großen Schiffe an. Das hat mehr als zehn Jahre gebraucht, aber jetzt ist es so weit, wir haben gewonnen. Ich bin mir nicht sicher, ob ein Guerillakrieg auf einer Insel das beste Mittel ist, um die Leute wachzurütteln.«

Er wird wieder ernst und lauert dabei auf jede von Léas Regungen.

»Du solltest nach Venedig zurückkommen. Anfangs war Poveglia eine tolle Idee, ein Symbol. Aber jetzt muss es weitergehen, es müssen alle angesprochen werden. Sich da drüben zu verkriechen, noch dazu mit der drohenden Gewalt, führt nur dazu, dass du denen Angst machst, die du eigentlich erreichen willst.«

»Aber die Gewalt kommt von ihnen!«

Léa schlägt so fest mit der Faust auf den Tisch, dass die Kaffeetasse klirrt und die Passanten sich umdrehen.

»Zehn Jahre, bis die Kreuzfahrtschiffe verboten wurden, und trotzdem werden die ganzen Touristen schon bald von Marghera aus in Bussen hergekarrt. Die Behörden haben auf das Sahnestück verzichtet, weil sie nicht mehr anders konnten. Aber währenddessen geht es weiter. Hörst du sie? ›Die Wirtschaft wieder ankurbeln‹, ›An die alten Besucherzahlen anknüpfen‹, ›Es lebe das Wachstum‹ ... und jetzt verkaufen sie uns MO.S.E. als das Nonplusultra, obwohl diese Lösung früher oder später schlimmer ist als alles andere und das Geld in der Zwischenzeit nicht da landet, wo es gebraucht wird.«

Livio weiß, dass er sich auf dünnes Eis begibt, aber er wollte Léa auch wiedersehen, weil er eine Idee hat, und er versucht, diplomatisch vorzugehen.

»Letztlich hast du recht, aber MO.S.E. verschafft uns trotzdem eine Atempause von zehn bis fünfzehn Jahren. Es ist an uns, sie zu nutzen. In einer Demokratie geht es nur mit Erklären und Überzeugen, man kann die Leute nicht zu ihrem Glück zwingen. Ich habe einen Vorschlag. Ich bin bei einer linken Umweltgruppe, die bei der nächsten Wahl antreten will, um die Regierung zu übernehmen. Ich weiß, das ist erst in drei Jahren. Aber genau das gibt uns Zeit, alles gut vorzubereiten, vor allem in Mestre und Marghera. Wir wollen die Liste unbedingt für Frauen und junge Leute öffnen. Hättest du nicht Lust, mal zu kommen und mitzudiskutieren?«

Léa springt auf. Jegliche Offenheit ist mit einem Mal aus ihrem Gesicht verschwunden, und sie schleudert ihm entgegen: »Du willst mich wohl verarschen! Die stechen uns die Augen aus, und du willst herumpalavern und jahrelang ein bisschen herumkritteln. Das ist erbärmlich! Und MO.S.E. ist auf einmal ein Segen. Eine Atempause wofür? Damit die Situation sich noch mehr verschlimmert, während euer verantwortungsloser Haufen weiterplaudert.«

Sie nähert sich Livio, bis ihr Gesicht seines beinahe berührt, und sagt übertrieben deutlich: »Genau das seid ihr, verantwortungslos. Du glaubst, es wäre noch Zeit. Du leugnest es genauso wie die anderen. Man muss jetzt handeln, schnell und entschlossen, oder verrecken. Offenbar hast du dein Lager gewählt.«

Sie richtet sich wieder auf, schnappt sich ihre Tasche vom Stuhl, der dabei umfällt, und rennt weg. Der Wirt, der glaubt, es ginge um einen Beziehungsstreit, zwinkert dem sprachlosen Livio zu.

Sie rennt, ohne zu wissen, wohin, um sich von dem klebrigen Schleier der Ohnmacht und der Niederlage zu befreien. Sie fühlt sich ein zweites Mal verraten. Dabei ist er es gewesen, der ihr die Augen geöffnet hat, und jetzt schreckt er vor dem Feuer zurück, das er selbst entzündet hat. Sie hasst ihn nicht, sie verachtet ihn.

Sie lässt sich durch die Adern der Stadt treiben, entlang von Kanälen, Straßen und Gassen, und rempelt absichtlich ein Paar an, das sich anlächelt, ohne irgendetwas anderes wahrzunehmen. Es kommt ihr vor, als würde das Klackern ihrer Schuhe auf den Steinen immer lauter werden, als würde Venedig dieses Zeichen ihrer Wut aufnehmen, verstärken und es zu einem Hilferuf machen. Irgendwann führen ihre Schritte sie zur Promenade an den Zattere, und der offene Himmel lässt sie wieder zu Atem kommen. Sie verlangsamt ihr Tempo und setzt sich schließlich mit baumelnden Beinen an den Kai, lässt sich eine Weile vom fließenden Wasser hypnotisieren, das wegen der vorbeifahrenden Schiffe leichte Wellen schlägt. Sie will ihren Kopf frei kriegen, und in diesem Moment ist sie nicht weit entfernt von der Taktik ihres Vaters, der nur seinen Eingebungen beim Aufwachen vertraut. Auf ihren Lippen formen sich Worte, und flüsternd sagt sie zu sich selbst und zu der Stadt, die sie als Einzige versteht: »Ich werde nicht lockerlassen. Für Simon und für Venedig. Die Stadt ist ein Symbol. Hier kann alles anfangen.«

Sie erinnert sich daran, dass Venedig stolz darauf ist, im Arsenal die Fließbandarbeit erfunden zu haben und das Bankensystem im Mittelalter ... und damit in gewisser Weise den Kapitalismus.

Auch wenn sie ganz allein ist, gerät sie in Begeisterung.

»Also wird er hier auch sterben. Es gilt, etwas Neues zu erfinden. Einen Schock zu verursachen, die Leute dazu zu zwingen, aus ihrer Verweigerungshaltung, aus ihren faulen Kompromissen herauszukommen, die Lage so zu beeinflussen, dass es kein Zurück mehr gibt.«

Die Sonne versinkt langsam hinter der Giudecca, die Kälte zwickt Léa ins Gesicht und holt sie wieder in die Realität. Sie geht zum Segelboot zurück. Sie könnte auf direktem Weg nach Poveglia fahren, aber sie muss sich erst einmal beruhigen und lässt das kleine Boot bei halbem Wind laufen. Die Sinneswahrnehmungen ihres Körpers, das Plätschern des Wassers, der Widerstand der Pinne – diese einfachen Dinge machen ihren Kopf wieder klar. Im zartlila Abendlicht scheinen die Stadt und die großen Inseln auf, die Duckdalben, die die Kanäle markieren, fangen an zu blinken. Nebel quillt hervor und versieht jedes Licht mit einem Hof. Fast wie Weihnachtsbeleuchtung. Léa schaukelt ziellos hin und her in der geschlossenen Lagune, und ihr gefällt die Vorstellung: sie ganz allein gegen den Rest der Welt.

Etwas oberhalb des Arsenals biegt sie ab – der Star der Vergangenheit, der der Stadt dazu verhalf, die Meere zu beherrschen, der ihr Macht und Geld verschaffte und der heute die Ingenieurbüros für MO.S.E. beherbergt. Sie lenkt das Boot zum Durchlass am Lido, sie hat das Bedürfnis, die begrenzte Lagune zu verlassen. Eine lange Reihe von Leuchtbojen markiert die Fahrrinne, die um die künstliche Insel am Sperrwerk herumführt. Lautlos gleitet Léa über die versenkten Tore hinweg. Sie spürt, dass sie da sind, nimmt sie wahr wie die Zähne eines geöffneten Mauls, das bereit ist, sich zu schließen, eine vage Bedrohung.

Genau in diesem Augenblick kommt ihr die Erleuchtung. Was tut man im Angesicht gefletschter Zähne? Viele ergreifen die Flucht, manche aber halten stand und versetzen dem Ungeheuer einen Tritt. Mit all ihrer Wut begreift sie, dass es nur einen Ausweg gibt: den Tritt versetzen, MO.S.E. in die Luft jagen.

LANGSAM KOMMT der Frühling. An manchen Tagen erhebt der Nebel sich über der Lagune wie mephitischer Dunst, trieft an den Mauern herunter, lässt die Fensterscheiben beschlagen und die Stadt grau und trüb aussehen. Am nächsten Morgen erscheint die Sonne über dem Horizont und lässt alles verblassen, bis hin zur Erinnerung an die vorherigen Tage. Die Rosa- und Ockertöne spiegeln sich in den ruhigen Kanälen, wie Tücher, die nur von den vorbeifahrenden Schiffen in Bewegung versetzt werden. In der Wärme erobern die Pflanzen Mauern und Vertiefungen in den Steinen, der grüne Algenbart an den Kais wird breiter. Venedig, ganz in Gelb und Grün, riecht nach Chlorophyll und warmem Humus.

Maria Alba ist festlich gestimmt, und das liegt nicht zuerst am schönen Wetter. Léa kommt, zum ersten Mal seit ihrem Geburtstag.

Die Tür schlägt zu, und plötzlich dieses vergessene Geräusch zu hören entlockt Maria Alba ein Lächeln. Die Hollywoodschaukel begleitet das Wiedersehen mit sanftem Schwingen. Die Mutter ist besorgt, die Tochter schweigsam. Auch wenn sie das Drama von Poveglia mit keinem Wort erwähnen, klingt es bei allem, was sie sagen, mit. Sie legen den Finger nicht in die Wunde. Das Gespräch verläuft schleppend. Maria Alba versucht, ihre Tochter zurück nach Venedig zu locken, wenn nicht gar nach Hause. Léa weicht aus. Die Schaukel quietscht. Léa weiß ganz genau, warum sie gekommen ist, aber sie darf nichts überstürzen. Sie hat das seltsame Gefühl, bei sich zu Hause zu Besuch zu sein. Beim Reinkommen war sie überrascht, wie vertraut ihr Möbel, Gemälde und Nippes waren. Sie kann noch immer mit geschlossenen Augen die Zimmer beschreiben und jeden Gegenstand verorten. Aber sie empfindet dabei nichts anderes als bei einem Museumsbesuch. Das gilt auch für Maria Alba. Ihre Mutter ist Teil der Kulisse, und ebenso wie der haftet auch ihr etwas an, das zur Vergangenheit gehört. Léa empfindet weder Ärger noch Wut noch Liebe, die schon gar nicht. Schließlich kommt sie auf die Sache zu sprechen, die ihr am Herzen liegt.

»Hat Papa seinen Computer hiergelassen? Da sind Unterlagen drauf, die mich interessieren. Kann ich mal einen Blick drauf werfen?«

Sie weiß, wie sehr ihr Vater das MO.S.E.-Projekt verehrt. Um den Staudamm in die Luft zu jagen, muss man vor allem das System von Grund auf kennen, und das geht nicht einfach so übers Internet, aber vielleicht hat Guido Informationen gesammelt, zu denen er beruflich Zugang hat.

Maria Alba sträubt sich. »Das sind die Sachen deines Vaters. Er fände es nicht gut ...«

Sie beendet ihren Satz nicht, Léa hat Widerstand einkalkuliert. »Aber du hast doch selbst auch reingeschaut, als ich dich wegen Poveglia darum gebeten habe!«

Maria Alba senkt den Kopf, knetet ihre Hände und weiß nicht, auf welche Seite sie sich schlagen soll: die ihres Mannes oder die ihrer Tochter. Léa wartet die Antwort nicht ab und geht ins Arbeitszimmer. Das Passwort hat sich nicht geändert, sie findet sofort einen umfangreichen Ordner mit dem Namen MO.S.E. und lädt ihn auf ihren USB-Stick, ihr erster Schritt, um dem Monster ein Ende zu bereiten.

ES IST FRÜHLING GEWORDEN, aber Léa ist trotzdem durch und durch kalt. Das Bett ist die ganze Nacht über nicht warm geworden, zumal kein Mann da ist, um die Kälte zu vertreiben. Das Bettzeug klebt an der Haut, und die feuchte Luft kitzelt ihr in der Nase. Vor allem die Stille ist eisig. Seitdem Poveglia kein Streitobjekt mehr ist, ist die Insel verlassen. Als die Information durchsickerte, dass das Immobilienprojekt aufgegeben wurde, wollten die Besetzer den so teuer bezahlten Sieg nicht mehr feiern. Die Gruppe hatte kein Ziel mehr und ist zerfasert. Simon und Cristina sind in England, die Autonomen zu anderen Kämpfen abgeschwirrt, und selbst der ursprüngliche harte Kern war das spartanische, ziellose Leben leid. Léa hat den Winter quasi allein auf der Insel verbracht. Sie vermag nicht mehr zu sagen, ob das ein Luxus oder eine Strafe ist. Sie macht Pause, geht fischen, bemüht sich, die Brombeeren im Garten in Schach zu halten, liest und verbringt unendliche Stunden mit Herumwerkeln, um den Ort halbwegs bewohnbar zu halten. Es wird Tag, es wird Abend, und dann beginnt wieder der nächste Tag. Der eintönige Winter hat sich in die Länge gezogen. Für sie war er nichts als grau: der graue, blätterlose, von Lianen gefesselte Wald, die graue, schlafende Lagune und ihre graue Stimmung. Sie fühlt sich wie ein Tier, das Winterschlaf hält, oder wie ein Schmetterling, der auf seine Verwandlung wartet. Poveglia ist ihr Bau, ihre Therapie. Hier tut sie mit harter Arbeit etwas gegen das Zuviel an Gedanken und Geschehenem der vergangenen Monate. Wie ein ehemaliger Säufer Kneipen meiden würde, so hütet sie sich davor, unter Leute zu gehen, zu plaudern und politisch aktiv zu sein. Sie hat sich dieses Unijahr als »slow life« verordnet, zumal sie den Semesterbeginn ohnehin verpasst hatte. Die Idee, MO.S.E. zu zerstören, hat sie nicht losgelassen, aber es ist ein langwieriger Prozess für jemanden, der sich mit Sabotage nicht auskennt. Mit Frühlingsbeginn zwingt sie sich, die Aktion noch einmal neu zu überdenken. In Guidos Unterlagen hat sie tatsächlich technische Angaben und Pläne gefunden. Ein Angriff auf die Kommandozentrale des Betriebs kommt für sie nicht infrage, weil es dabei Verletzte geben würde oder sogar Schlimmeres, aber was weiß sie schon über den Ort, an dem man die Sprengsätze anbringen müsste, um die Tore unter Wasser zu zerstören? Die Kette zu verkaufen, würde wahrscheinlich genügend einbringen, um sich mit Sprengstoff zu versorgen, aber wo soll sie ihn kaufen und lernen, damit umzugehen? Sie braucht Beziehungen, Komplizen. Sie weiß nicht, an wen sie sich wenden soll, traut sich nicht, darüber zu sprechen, aus Angst, man könnte sie für verrückt erklären oder, schlimmer noch, verraten. Sie muss auf eine passende Gelegenheit warten. Sie wartet.

Abends nimmt sie oft das Schlauchboot und durchstreift damit Venedig. Sie fährt langsam die Kanäle entlang. Abgesehen von ein paar wenigen Verkehrsadern ist die Stadt dunkel und still, nur wenig Licht in den Fenstern, eine noch gespenstischere Atmosphäre als normalerweise. Die Paläste und Kirchen, Schönheit und Luxus wurden gemacht, um Bewunderung und Neid zu wecken, um zu beeindrucken und der Macht zu dienen. Aber die wahre Macht der Stadt besteht heute darin, die Zeit auszuhebeln, und die gehört nur denen, die von Tag zu Tag leben, entlang der dunklen Kanäle. Ein paar Stunden zwischen den Denkmälern spazieren zu gehen, wird nie an den Luxus eines Alltags inmitten vergangener Jahrhunderte heranreichen, wo man gewissermaßen der Unsterblichkeit nahe kommt. Léa lässt sich von ihren Streifzügen einlullen. Sie stellt sich an den Kais eine Menschenmenge vor, in der sich Ritter und Huren, Lastenträger und Haudegen, Omas mit ihren Einkaufstrolleys und der Tischler von San Trovaso mischen. Die Tatsache, dass Menschen in Venedig wohnen, macht die Stadt so einzigartig. Eine Museumsstadt wäre eine tote Stadt.

Wenn ihre Muskeln steif sind vor Kälte, fährt Léa beruhigt nach Poveglia zurück. Sie ist sich sicher, dass der Kampf nur gewonnen werden kann. Wie wäre es auch anders denkbar? Wie soll man sich vorstellen, dass Venedig verschwindet und diesen Zugang zur Unendlichkeit mit sich fortnimmt?

Die Tage reihen sich aneinander, einer folgt dem nächsten, bis zu jenem Morgen. Léa wacht mit einer übermächtigen Angst auf, die sie sich nicht erklären kann. Nichts scheint anders als sonst, aber irgendetwas droht. Das spürt sie.

Den ganzen Vormittag über irrt sie herum, kann sich nicht auf ihr Flickwerk an den Fenstern konzentrieren, hält inne, schaut nach draußen, macht weiter. Dabei muss sie sich beeilen vor dem schlechten Wetter am Abend, damit das Wasser nicht ein weiteres Mal hereindringt. Es ist nicht der erste Sturm, den sie herannahen sieht. Auf Poveglia hat sie sich an den dumpfen Bass der Wellen gewöhnt, an den Regen, dessen Prasseln mit jeder Wolke anschwillt, an den Wind, der eine Kakofonie im Gestänge der Gerüste und in den Plastikplanen anstimmt, die schlagen und zerreißen, an Steine und Schrott, denen die Jahre zugesetzt haben und die auf einmal irgendwo herunterstürzen. In ihrem Bett am Rio del Malpaga hat sie solchen Situationen nie viel Aufmerksamkeit geschenkt, aber auf der Insel erlebt sie die Anspannung wie ein Kapitän auf dem Meer. Sie wird die Nacht mit gespitzten Ohren verbringen. Im Moment ist der Himmel nur bleiern, windstill, abwartend. Die Lagune ist eine beinahe schwarze Masse, durch die sich die wenigen Schiffe mühevoll hindurchzuarbeiten scheinen. Sie hat die Wettervorhersage gehört und auf der App überprüft. Am Abend wird es hoch hergehen, und MO.S.E. wird zum Einsatz kommen. Bei schlechtem Wetter allein auf der Insel zu sein beunruhigt sie nicht. Poveglia liegt abgeschirmt hinter dem Lido, die alten Gebäude haben schon anderes erlebt. Schlimmstenfalls wird das Erdgeschoss überschwemmt, und sie hat die Schränke unten im großen Saal ausgeräumt. Sorgen macht sie sich nur um den Turm, der immer klappriger wird, aber sollte er umstürzen, dann wird er bei der angekündigten Windrichtung nicht auf dem bewohnten Gebäudeteil landen.

Léa macht sich erneut an die Arbeit, hört wieder auf. Die Anspannung sitzt ihr im Nacken und bedrückt sie, ohne dass sie ergründen könnte, woher sie kommt – vom Wasser, das im Moment zu ruhig daliegt, von den Wolken, die ihr immer dunkler werdendes Federbett umwälzen, oder tief aus ihr selbst. Eine kindliche Angst vor dem Alleinsein? Eine Vorahnung?

Zur selben Zeit, als Guido ein paar Kilometer entfernt aus der Ca' Farsetti tritt, ist Léa gerade damit fertig, das Schlauchboot und das Segelschiff einzuholen und sie fest zu vertäuen. Es wird extrem schnell dunkel, und die Lage verschlechtert sich zusehends. Der Wind zieht bereits alle Register und biegt die Bäume auf der Insel.

Sie hat sich ins Bett gelegt und versucht zu lesen. Aber umsonst, die Zeilen tanzen vor ihren Augen, ohne dass sich ihr ein Sinn erschließt. Die Angst setzt sich in der Magengrube fest und hindert sie am Denken. Schließlich löscht sie das Licht und lauert im Dunkeln auf die Böen, die sich mit einem Grollen ankündigen. Je heftiger der Wind wird, desto ohnmächtiger fühlt sie sich. Zeitweise hat sie den Eindruck, das Knurren einer unheilvollen Macht zu hören. Die Minuten und Stunden nehmen kein Ende. Jedes Mal, wenn sie eine Beruhigung festzustellen meint, ist es nur eine Atempause des Sturms, der offenbar Spaß daran hat, an ihren Nerven zu zerren. Aus dem Getöse hört sie das Krachen umstürzender Bäume heraus und das Klappern herumfliegender Bleche. Zu dem Zeitpunkt, als das Telefon bei Guido zu Hause klingelt, hat Léa es nicht mehr ausgehalten und sich wieder angezogen. Sie hat sich oben an der Treppe postiert, die in den großen Saal mündet. Ölfleckiges Wasser ist hereingeströmt und erzeugt mit seinem Plätschern im Raum ein Echo wie in einer Höhle. Sie begibt sich nicht hinein, es hat keinen Sinn, sich nach draußen zu wagen. Sie sitzt da, die Wange an die bebende Wand gelehnt, eine armselige, klebrige Mauer, die sie an die warme Mauer denken lässt, an die sie eines schönen Morgens in der Nähe von San Zanipolo ihre Wange gelegt hat. Es kommt ihr vor, als wäre das eine Ewigkeit her. Sie sitzt zusammengekauert da und weint hemmungslos, erstickt beinahe an ihren Tränen. Sie schluchzt im Einklang mit dem Regen, entleert sich ebenso wie der Himmel. In der dunklen Höhle zerbricht etwas in ihr. Sie spürt Trauer und Ohnmacht. Venedig, die Buddhas von Bamiyan, die Vögel in der Lagune, Schönheit, Hoffnung, alles vermischt sich in ihrem Kopf. Sie weint über sich selbst und über ihr Leben, das ihr nutzlos erscheint.

Sie ist zu spät gekommen, und all ihre Anstrengungen waren umsonst. Weder Wut noch Vernunft noch irgendein Wunder werden verhindern, dass es auf den Abgrund zugeht. Léa treibt in einem emotionalen Magma, in dem nichts mehr einen Sinn ergibt, schon gar nicht die Zukunft.

Irgendwann hört sie das gewaltige Grollen, das von der Stadt heranrollt, und die Erschütterungen, die dabei sind, Venedig zu zerstören. Vom Kampanile stürzen Steine herunter, die Wand bebt mehrere Minuten lang. Im dunklen Wasser bilden sich Wellen, und jedes Mal, wenn die Brandung gegen die Mauern schlägt, hört es sich an wie ein Schuss.

Vielleicht ist sie vor Erschöpfung eingeschlafen, oder die Angst hat die folgenden Stunden aus ihrem Gedächtnis gelöscht. Dann schreckt ein anderes Grollen sie aus ihrem Koma auf, das Dröhnen eines Hubschraubers.

Vorsichtig bahnt Léa sich einen Weg durch den schlammigen Saal, tritt hinaus auf die mit Trümmern übersäte Wiese und dreht sich herum, um den Helikopter zu beobachten, der auf Venedig zufliegt, von wo dichte Rauchwolken aufsteigen.

SEIT SEINER FAHRT ins zerstörte Venedig dreht Guido sich im Kreis. Wie ein amputiertes Körperglied bereitet ihm die Stadt nach wie vor Schmerzen. An manchen Tagen öffnet er morgens die Augen, den Kopf randvoll mit Plänen aus der alten Welt, um anschließend schmerzhaft in der Realität zu landen. Die Stadt existiert nicht mehr, und er selbst ist nichts als ein dahingestreckter, nutzloser, frustrierter Körper. Die Wochen vergehen. Der Termin für Karneval rückt näher. Er hat Venedig in dieser Ausnahmesituation geliebt. Nicht nur wegen des Touristenansturms und der guten Geschäfte, sondern vor allem wegen der Erregung, der Freude, der Unvernunft, die Körper und Geist der Menschen erfassten. Zum Ausgang des Winters, selbst wenn der Wind noch stechend war und es manchmal regnete, schrie, sang und tanzte ganz Venedig, wälzte sich im Schlamm, trank bis zum Erbrechen und hurte in den Gassen und Palästen herum. Dieses Jahr würde es nur Bedauern geben, medienwirksame Trauer überall, Schaudern angesichts des Grauens. Der Gedanke daran ist ihm unerträglich.

Er döst in seinem Bett vor sich hin und betrachtet die Risse an der Decke. Tod, Verlust, Verfall und Hoffnungslosigkeit haben ihn erfasst, als er die Stadt wiedergesehen hat. Noch immer lässt ihn dieses Gefühl erzittern.

Gefühl!

Guido lächelt vor sich hin, sein gieriger Mund reagiert mit

einem Beißreflex. Endlich, eine seiner legendären Eingebungen!

Plötzlich sieht er es vor sich, das Venedig von morgen: die Inszenierung der Ruinen, die Zurschaustellung dessen, was von der einstigen Pracht übrig geblieben ist.

Natürlich gibt es viel zu tun: die alten Gebäude räumen und abstützen, vor allem die symbolträchtigsten, und die anderen, die zu stark beschädigt sind und deren Restaurierung zu kostspielig wäre, vermutlich abreißen. Die Faszination des Parthenons oder des Machu Picchu geht ebenso von der Schönheit der Ruinen aus wie von den Leerstellen, die die Fantasie anregen. Ist die Venus von Milo nicht gerade wegen ihrer fehlenden Arme so bewegend? Hat sie dem Betrachter die Arme entgegengestreckt oder damit das Tuch gehalten, um keusch ihr Geschlecht zu verdecken? Ist sie Geliebte oder Jungfrau? Die zerstörte Pracht ist ergreifend, meisterhaft erzählt sie von vergangener Eitelkeit und menschlicher Schwäche. Eine Ruine stellt Verbindung her, veranschaulicht die Abfolge verschiedener Zeitalter, sie macht uns zu einem Teil der Vergangenheit und verleiht uns Wurzeln.

Den Schock, den Guido beim Anblick der verwüsteten Stadt erlebt hat, würden Tausende, ja Millionen von Menschen auch gern erleben. Worauf also warten?

Das Bettzeug raschelt, Guido ist voller Enthusiasmus und sehnt sich schon jetzt nach haufenweise Aktenstapeln.

Investoren: der Staat natürlich, bei der Region Venezien könnte man anklopfen, selbstverständlich die UNESCO … die großen Stiftungen, die ehemaligen Besitzer der Paläste …

Und warum nicht auch die Bevölkerung einbeziehen? Jeder Spender gibt seinen Namen für einen Stein …

Die Pauschale für einen Tagesbesuch könnte 100 Euro betragen. Wie viel kostet ein Tag Wintersport? Venedig ist auf jeden Fall mehr wert!

Die Millionen beginnen in seinem Kopf zu tanzen. Der nördliche und östliche Teil der Stadt, die am wenigsten betroffenen Gebiete, können bestimmt restauriert werden, dort sollte man wieder Unterkünfte, Hotels und die Logistik aufbauen, die für den Besuch der Ruinen nötig sind.

Er sieht schon die voll besetzten Gondeln und sogar Kreuzfahrtschiffe, die man nicht dafür verantwortlich machen wird, die Fundamente einer bereits zerstörten Stadt zu unterhöhlen!

Er stellt sich das 3-D-Museum vor, das die Katastrophe so nacherzählt, als würde man sie selbst miterleben. Das Leben kehrt zurück, Betriebsamkeit anstelle der unerträglichen Stille, Geschäfte, Arbeitsplätze, Wohlstand, Lachen …

Und er, der bescheidene Motor dieses Wiederaufschwungs, jemand, an dem kein Weg vorbeiführt, der verehrt wird und als Retter in die Nachwelt eingeht. Er, der Sohn eines unbekannten Bauern aus Venezien.

Es ist zu spät für die meisten Architekturschätze, Gemälde, Skulpturen, Fresken, Möbel und außergewöhnlichen Objekte, die durch Leidenschaft und Talent von Menschen über Jahrhunderte hinweg erschaffen wurden. Zu spät, um diese Schönheit selbst zu erfahren. Aber nicht zu spät, um Venedig erneut zum Anziehungspunkt für Menschen und Wohlstand zu machen.

LÉA HAT SICH VORGENOMMEN, bis zum Ende der Reihe zu kommen, auch wenn ihr Rücken wehtut. Jäten, Hacken und Rechen geben ihr genauso Halt wie damals das Instandsetzen auf Poveglia, den Halt einer sichtbaren, handfesten Arbeit. Heute kommt noch der Drang hinzu, sich körperlich zu verausgaben, nur dann kann sie schlafen, ohne von Albträumen heimgesucht, ohne vom Rauchgeruch verfolgt zu werden, von den tanzenden Hubschraubern, die wie Fliegen um einen Kadaver herumbrummen, vom Anblick des zur Leichenhalle umfunktionierten Kühlraums im Schlachthof, wo sie auf der Suche nach ihren Eltern herumirrte.

Erst nach mehreren Monaten hat sie erfahren, dass er noch lebt, dass sie aber als vermisst gemeldet wurde. Für Maria Alba, untrennbar mit Venedig verbunden, war kein anderes Schicksal denkbar, als von den Steinen Venedigs begraben zu werden. Sie hätte die Zerstörung der Stadt nicht überlebt. Und Guido? Was hat Léa ihm noch zu sagen?

Aber die körperliche Ermüdung ist nichts verglichen mit der Erschöpfung einer Besiegten, dem Gefühl, dass ihr der Lebenssaft entzogen wurde. Sie hat sich geirrt, hat nicht verstanden zu kämpfen, hat nicht überzeugen können oder nicht schnell genug. Es vor den anderen zu begreifen hat nicht gereicht.

Sie hat Venedig verlassen, ist geflohen, niedergedrückt von dem Gefühl, mitverantwortlich zu sein für die Katastrophe, und hat in dieser Gemeinschaft Zuflucht gefunden, die am Rande von Padua ein Gelände besetzt und gegen Baufirmen verteidigt. Sie ist wie eine Schwerverletzte angekommen, und man lässt sie in Ruhe. Nach und nach füllen die Erde, die sie bearbeitet, und die Pflanzen, die sie darin wachsen sieht, die Leere in ihr.

An das Danach, wenn sie wieder stabil genug ist, will Léa nicht denken.

Die Welt ist weit, und sie ist erst achtzehn Jahre alt.

MEIN DANK gilt vor allem meinen Freunden aus Venedig:

Cristina, unermüdliche Buchhändlerin, die mich sofort unter ihre Fittiche genommen hat, um die Stadt und ihre Bewohner kennenzulernen und zu verstehen,

Lamberto und Tea für all die Spaziergänge, Erläuterungen und … die guten Restaurants,

der Compagnia della vela für den freundlichen Empfang und die Fahrt mit den historischen Segelbooten und

Alice, die mir ihr Adressbuch zur Verfügung gestellt hat.

Vielen Dank auch an meine klugen Korrekturlesenden: Manuel, Benoît und Emilie.